COLLECTION FOLIO

D0318871

Georges Simenon

Les clients
d'Avrenos

Gallimard

Georges Simenon naît à Liège le 13 février 1903. Après des études chez les jésuites, il devient, en 1919, apprenti pâtissier, puis commis de librairie, et enfin reporter et billettiste à *La Gazette de Liège*. Il publie en souscription son premier roman, *Au pont des Arches*, en 1921 et quitte Liège pour Paris. Il se marie en 1923 avec «Tigy» et fait paraître des contes et des nouvelles dans plusieurs journaux. *Le roman d'une dactylo*, son premier roman «populaire», paraît en 1924, sous un pseudonyme. Jusqu'en 1930, il publie contes, nouvelles, romans chez différents éditeurs.

En 1931, le commissaire Maigret commence ses enquêtes... On tourne les premiers films adaptés de l'œuvre de Georges Simenon. Il alterne romans, voyages et reportages, et quitte son éditeur Fayard pour les Éditions Gallimard où il rencontre André Gide.

Durant la guerre, il est responsable des réfugiés belges à La Rochelle et vit en Vendée. En 1945, il émigre aux États-Unis. Après avoir divorcé et s'être remarié avec Denyse Ouimet, il rentre en Europe et s'installe définitivement en Suisse.

La publication de ses œuvres complètes (72 volumes !) commence en 1967. Cinq ans plus tard, il annonce officiellement sa décision de ne plus écrire de romans.

Georges Simenon meurt à Lausanne en 1989.

I

On n'attendait pas encore de clients, bien qu'un étudiant qui venait pour Sadjidé fût déjà accoudé au bar. Mais ce n'était pas la peine de le servir, car il ne commandait que des bocks et ne les buvait pas.

Seule la grosse Lola, harnachée de soie rose et de grosses perles, était à son poste, à la première table, et regardait devant elle en esquissant le vague sourire qui ne la quitterait pas de la nuit. Ou plutôt si! Pendant les quelques minutes de son numéro de danse, elle froncerait les sourcils, pincerait les lèvres en épiant ses pieds avec angoisse. Elle ne s'était jamais vantée de savoir danser et, si elle le faisait, comme les autres, c'est parce que le règlement ne tolère dans les cabarets que des « artistes ». C'était même écrit sur son passeport!

Sadjidé n'était pas encore descendue. Elle s'enfermait toujours la dernière dans la soupente servant de loge aux dames de l'établissement et elle n'apparaissait, avec des manières de vedette, qu'après s'être assurée, par un trou de la cloison, qu'il y avait des clients dans la salle.

Alors les hommes lui adressaient un signe amical, ou un sourire, la happaient au passage, lui tapotaient la croupe et, si quelqu'un ne le faisait pas, on pouvait affirmer qu'il était nouveau venu à Ankara.

Le jeune étudiant, au bar, était vraiment amoureux et, pour le moment, plutôt que d'attendre à vide, il questionnait Sonia, la Russe qui ne dansait pas mais qui chantait des romances en français et en allemand.

— On a fermé tard, la nuit dernière ?

— Comme d'habitude, vers quatre ou cinq heures.

— Et Sadjidé ?...

L'étudiant louchait haineusement vers le fond de la salle où s'alignaient deux étages de loges étroites. Ailleurs, on avait le droit de boire un bock, ou une limonade. Dans les loges, il fallait consommer du champagne turc ou des cocktails et en offrir à l'une ou l'autre des « artistes ». En contrepartie, on avait le loisir de fermer presque hermétiquement le rideau de la loge.

Le saxophoniste, dans l'attente des clients, fixait son instrument avec ennui, le portait à ses lèvres, en tirait deux ou trois sons saugrenus, puis le regardait à nouveau tandis que le pianiste lisait un journal de Stamboul.

Quant au patron, un petit Juif agile et chauve, il préparait les consommations pour la nuit, car il pou-

10

vait prévoir à deux ou trois têtes près le nombre de clients.

La session parlementaire touchait à sa fin. Dans trois ou quatre jours, le Ghazi mettrait l'Assemblée en vacances et quelques députés avaient déjà quitté la capitale.

En dehors des ambassades, que resterait-il? Autour du *Chat Noir*, qui se préparait mollement à sa vie nocturne, ce n'était pas une ville qui se dressait, mais une sorte de poste comme en connut l'Amérique au temps de la conquête. En quelques années, en plein bled, là où, sur une colline pelée, se mourait un village indigène, on avait, de par la volonté de Mustafa Kemal, édifié des palais, des ministères, tracé des rues goudronnées et aménagé un grand hôtel.

Cela n'empêchait pas que, demain ou après, quand Mustafa irait passer la saison d'été sur le Bosphore, il n'y aurait plus personne dans les rues, dans les maisons neuves et dans les bureaux.

Ce soir, on donnait un grand dîner, à l'*Ankara Palace*. Depuis deux mois, des Belges et des Suisses s'étaient installés là, sollicitant la concession d'une ligne électrique, et ils venaient de réussir. Aussitôt ils avaient invité des fonctionnaires et des députés.

Le patron du *Chat Noir* prévoyait qu'ils arriveraient chez lui vers deux heures du matin et mettait déjà dix bouteilles de vrai champagne à rafraîchir.

Une jeune Grecque aux yeux de chien triste, qui

11

s'appelait Aspasie, écrivait une lettre à l'encre violette et le patron lui cria :

— Si jamais tu taches la nappe...

À côté d'elle, Nouchi, la Hongroise échouée depuis huit jours à Ankara, se vernissait les ongles.

On en avait encore pour une demi-heure... Ou plutôt...

La sonnerie du téléphone retentit. Le patron décrocha, fit signe au saxophoniste de se taire, prit une attitude très humble qui, au moment où il remit l'appareil en place, fit place à l'orgueil et à l'assurance.

— Sadjidé !... Aspasie !... Lola !...

Il n'était pas aussi ému quand, d'aventure, un ambassadeur venait prendre place dans une de ses loges en passant par la porte de derrière.

— Sadjidé !... répéta-t-il en regardant le plafond.

Il y eut des pas traînants. Sadjidé parut, non maquillée, demi-nue sous un peignoir taché de fards.

— En tenue, vite ! Et filez à la « Ferme » !

Sadjidé ne broncha pas, car elle avait l'habitude. Lola se précipita vers la loge. La Russe questionna :

— Moi aussi ?

— Non. Il faut quelqu'un ici. Sans compter qu'ils ne tiennent pas à des chansons !

— Et moi ? demanda Nouchi, la Hongroise.

Elle était la plus jeune. Elle ne paraissait pas dix-huit ans et elle avait un visage irrégulier, un nez pointu, un regard qui semblait vous cribler de coups d'aiguilles.

— Essaie !

Pendant un quart d'heure, le *Chat Noir* n'exista plus. On courait dans l'escalier conduisant à la soupente. Les femmes se passaient du rouge ou de la poudre, se bousculaient devant un morceau de miroir.

— Sadjidé ! soupira l'étudiant au moment où elle se dirigeait vers un taxi.

— Quoi ?

— Tu me promets ?...

Elle pouffa, le baisa sur la joue et s'entassa dans la voiture avec les autres. Il ne restait que Sonia dans la salle, mais déjà un musicien était à la recherche de deux femmes qui n'étaient pas attachées à la maison parce qu'elles ne dansaient pas mais qui faisaient de temps en temps un « extra ».

Le patron rejoignit ses bouteilles en souriant. Il savait que le taxi traversait la ville, suivi sans doute par deux motocyclistes de la garde du Ghazi.

La Ferme, c'était, à l'orée d'Ankara, une maison simple, sans étage, au milieu des plantations, et Mustafa y vivait plus souvent que dans son palais.

Ils devaient être quelques-uns, des familiers et des ministres, à dîner plantureusement quand un convive avait dit :

— Si on faisait venir les danseuses ?

Au *Chat Noir*, le jeune homme qui n'était pas

13

encore servi en profita pour partir sans boire, ni payer son bock.

— Pourquoi ne m'as-tu jamais invitée?

C'était le lendemain. Nouchi portait une robe neuve, en soie noire, qui moulait sa taille étroite et faisait ressortir des seins beaucoup plus formés que le reste du corps et dont elle était fière.

Il était plus de minuit. Sadjidé buvait et riait dans une autre loge avec deux Italiens de passage. Sonia chantait. Dans la salle, des Turcs qui n'avaient pas assez d'argent pour s'amuser eux-mêmes regardaient, écoutaient et buvaient de la bière.

— Comment se fait-il que tu comprennes le hongrois?

— J'ai voyagé dans ton pays.

Nouchi observait son compagnon avec une curiosité mêlée de méfiance. Elle l'avait déjà vu au *Chat Noir*. Une fois même, à quatre heures du matin, il était parti avec Sadjidé.

— Tu es vraiment français?

— Vraiment! répliqua-t-il en souriant. Tandis que toi, toute hongroise que tu es, je parie que tu es née à Vienne.

— Comment l'as-tu deviné?

Le garçon vint prendre la commande et Nouchi allait dire, comme d'habitude :

— Du champagne!

Mais son compagnon prononça avec fermeté :

— Deux cocktails.

— Tu ne m'offres pas à souper?

Il secoua la tête tandis que le garçon s'éloignait. Puis, la main sur le genou étroit de Nouchi :

— Comment as-tu échoué ici?

— J'y suis venue parce que ça me plaisait! riposta-t-elle, vexée.

— Mais non!

— Mais si!

— Mais non!

Ils se disputaient comme des enfants.

— Où as-tu quitté les autres?

— À Smyrne! On te l'a dit?

— On ne m'a rien dit.

Était-ce si difficile à deviner? Elles s'en vont comme ça, dix ou douze petites Hongroises qui sont plus ou moins danseuses, avec parfois une mère ou deux, et elles entreprennent la tournée des cabarets d'Orient.

Partout elles trouvent les mêmes *Tabarin* ou *Chat Noir*, les mêmes loges à rideau, les mêmes patrons polyglottes.

On ne leur demande pas grand-chose : un vague numéro de danse, le plus dévêtu possible, avant le vrai travail qui consiste à pousser les clients à boire.

— Pourquoi ne me paies-tu pas à souper?

— Parce que je n'ai pas d'argent.

Elle lui jeta un coup d'œil incrédule. Il avait quarante ans et il ne ressemblait en rien à ce que Nouchi avait rencontré jusqu'alors. Dans certains films,

15

seulement, elle avait vu des personnages du même genre.

C'était peut-être un Français. Il avait les cheveux blonds assez rares, laissant deviner le crâne, avec un rien de gris près des oreilles.

Il était grand... Il...

Ou plutôt, Nouchi n'arrivait pas à fixer les détails. Ce qui comptait, pour elle, c'était son air distingué. D'ailleurs, il portait un monocle, qui donnait à sa physionomie un caractère roide, aristocratique. Son costume était un simple costume gris et cependant, sur lui, il cessait de ressembler à tous les costumes. Les autres fois qu'il était venu, il portait le même vêtement. Il n'avait peut-être que celui-là, mais il semblait toujours sortir des mains du tailleur.

— Comment t'appelles-tu?

— Bernard de Jonsac.

— Avec un petit *de*? Tu es noble?

Au lieu de répondre, il sourit, posa une question :

— Pourquoi as-tu quitté la troupe à Smyrne?

— Parce qu'elle allait en Syrie, où les cabarets sont interdits aux filles qui n'ont pas dix-huit ans.

Sonia passait avec son plateau. On ne s'était pas aperçu qu'elle avait fini de chanter, car il restait toujours un fond de musique dans l'air. Aspasie et Lola dansaient ensemble pour donner l'exemple. La main de Jonsac demeurait posée sur le genou de Nouchi et ne tentait pas de suivre le galbe enfantin de la cuisse.

Ils se turent quand le garçon apporta les cocktails et, pendant quelques minutes, ils s'épièrent agressifs et amusés.

— Je sais qu'on t'a dit quelque chose de moi, soupira enfin la Hongroise. C'est le patron, hein?

— Que m'aurait-il dit?

— Pour la nuit dernière?...

Ses traits devenaient plus fins, son regard plus aigu.

— Si tu crois que je ne sais pas pourquoi tu m'as invitée! Les autres fois, tu ne me regardais même pas. Maintenant tout le monde est prêt à m'offrir le champagne.

Curieux, il attendait la suite.

— Tout ça, parce que j'ai couché avec le Ghazi!

— C'est vrai?

— Demande-le à Sadjidé! Tu vois! Te voilà tout émoustillé!

Ils n'avaient pas tiré le rideau. Ils apercevaient la piste au-dessous d'eux, entourée de quelques consommateurs.

— Offre-moi à souper, dis!

Il hocha négativement la tête.

— Tu n'as vraiment pas d'argent? Quel métier fais-tu?

Et Jonsac sourit encore, d'un sourire mystérieux.

— Devine.

— Tu n'es pas à l'ambassade, car je les connais tous. Tu n'es pas commerçant non plus...

Elle regarda ses mains blanches, très soignées, où elle remarqua un diamant serti dans le platine.

— Attends!... Tu es...

Elle réfléchissait, l'esprit tendu, le front durci.

— Tu dois t'occuper de choses spéciales... d'espionnage, par exemple... ou de cocaïne... ou même...

Ironique, il ne dit ni oui ni non et Nouchi vida son verre d'un trait, par nervosité.

— Tu restes encore longtemps à Ankara?

— Je ne crois pas... Je partirai peut-être demain...

— En quelle classe?

— En sleeping.

Les yeux sombres de Nouchi se chargeaient de rêverie.

— Le Ghazi va y aller aussi... Dans huit jours, la boîte sera fermée...

Et soudain :

— Emmène-moi!

Une fois de plus, il ne dit ni oui ni non. Il la regardait et elle le regardait. Au milieu du bruit, ils avaient créé sans le savoir une oasis d'intimité si opaque que, des minutes durant, ils se contentaient de sourire sans parler.

— C'est oui?

— Peut-être.

Nouchi le baisa sur le front et il n'en profita pas pour la serrer davantage contre lui.

— Écoute! Si tu ne renouvelles pas les consommations, le patron sera furieux. Commande encore des cocktails. Si tu veux, je te rendrai mon pourcentage...

Il savait qu'elle ne pouvait quitter le *Chat Noir* avant la fermeture. Ils en avaient encore pour deux heures à attendre la lassitude des derniers clients. On entendait le rire de Sadjidé à qui ses compagnons enseignaient quelques mots d'italien.

.— Quel âge as-tu au juste?

— Dix-sept ans.

Jonsac parut un peu triste, ou un peu ému.

— Et il y a longtemps que tu...

— Que je quoi?

— Tu le sais bien!

Elle rit, du bout des dents, qu'elle avait très grandes et très brillantes.

— Qu'est-ce que ça peut te faire?

— Rien.

Les deux heures furent longues. Ils étaient comme dans une salle d'attente où cela ne vaut pas la peine de commencer à vivre. Dix minutes avant la fermeture, Nouchi alla s'accouder au bar et son compagnon la vit qui faisait des comptes avec le patron, revoyait l'addition en mouillant la pointe d'un crayon, discutait, comptait la monnaie. Puis elle gagna la soupente et revint avec un petit paquet qui contenait son costume de danseuse et ses fards.

Ils se rejoignirent sur le trottoir. Le train partait à sept heures du matin. Ils avaient trois heures devant eux.

— Où habites-tu? demanda Jonsac.

— J'ai loué une chambre au mois, là-haut. Il faudra que je paie tout le mois. Toi, tu es à l'*Ankara Palace*?

Ce fut elle qui décida :

— À ton hôtel, on ne me laissera pas entrer. Tu ne peux pas venir chez moi non plus. Attends-moi à sept heures sur le quai de la gare.

Elle l'embrassa une fois encore et s'éloigna en courant.

Jonsac n'avait pris qu'un billet, parce qu'il n'était pas sûr qu'elle viendrait. À sept heures moins cinq, il la vit descendre de taxi et confier à un porteur une assez jolie mallette de cuir fauve.

Elle était calme. Elle venait au-devant de lui comme s'ils se fussent connus depuis toujours, le corps serré dans un tailleur noir, un chapeau vert sur la tête, les jambes nettes dans la soie tendue. Le consul de Perse, qui accompagnait sa femme au train, se retourna trois ou quatre fois. Les employés la suivaient du regard.

— Bonjour, dit-elle en tendant le front à Jonsac.

Puis elle recula d'un pas pour le regarder, nota les guêtres blanches sur les chaussures vernies.

— Vous êtes chic! C'est bien...

Elle se dirigea sans hésiter vers le wagon, demanda :

— Quel numéro?

— Couchettes sept et neuf.

Il faisait déjà chaud. Le soleil écrasait la petite gare où tout le monde se connaissait.

— Vous avez pris quelque chose à lire, au moins ?

Elle retira la veste de son tailleur sous laquelle elle portait une chemisette de soie du même vert que le chapeau. Les seins tressaillaient à chaque sursaut du train. Nouchi regardait par la portière, la mine grave.

— C'est vrai que vous n'avez pas d'argent ?

Elle se troubla, remarqua :

— Voilà que je dis vous, maintenant ! Qu'est-ce que vous aimez mieux ?

— Cela m'est égal.

— Alors, tantôt vous et tantôt tu. Tu n'as pas d'argent ?

— Pas beaucoup.

— Moi, j'en veux beaucoup, parce que c'est trop bête d'être pauvre. Nous en gagnerons !

Au mot « pauvre », ses yeux s'étaient durcis, et il n'était pas difficile d'imaginer la caserne ouvrière de la banlieue de Vienne où elle était née, ni les meublés dans lesquels, en Roumanie, en Bulgarie, partout où elle avait dansé ensuite, elle avait traîné.

— Sonne le garçon et commande une bouteille d'eau minérale.

Elle savait néanmoins que, dans un wagon-lit, on peut sonner le garçon et se faire servir à boire.

— Nouchi...

21

— Quoi ?

— Je t'ai demandé hier, ou plutôt cette nuit, s'il y avait longtemps que...

— Que quoi ?

— Tu sais ce que je veux dire.

— Cela t'intéresse tant que ça ?

Cette fois, elle ne rit pas mais prit un air buté et resta près d'un quart d'heure sans parler.

— Tu connais des gens, à Stamboul ?

— Beaucoup.

— Des gens riches ?

— Des riches et des moins riches.

— Comment me présenteras-tu ?

Elle attendait une réponse. Elle en exigeait une, comme son dû.

— Je ne sais pas. Je dirai que tu es...

— Une amie ! Rien d'autre ! D'ailleurs, c'est la vérité.

Jonsac, depuis le matin, ne s'était pas encore approché d'elle. À certain moment, il quitta sa place et voulut l'embrasser mais elle le repoussa en geignant :

— Il fait trop chaud !

C'était vrai. Son chemisier de soie verte portait des taches de sueur sous les bras. Le bout du nez était luisant et cela faisait ressortir l'irrégularité du visage.

— Si nous allions au wagon-restaurant ?

Elle y fut très gaie, très convenable aussi. On

aurait pu les prendre tous deux pour un couple régulier, malgré la différence d'âges.

Des montagnes pelées, des herbages brûlés par le soleil défilaient aux deux côtés du train.

— Ce sont des Turcs que tu connais à Stamboul?

— Des Turcs et des Français, des Italiens, des Juifs...

— Ça coûte cher, un appartement à Péra?

Lors de son passage à Constantinople, elle avait dû descendre dans un hôtel meublé de Galata et le quartier élégant de Péra sur la colline, au-dessus de la Corne d'Or, l'avait éblouie par ses maisons neuves aux portes de fer forgé et aux appartements clairs.

— Je ne connais pas les prix, dit Jonsac.

— Il faudra te renseigner. C'est très important.

Elle mangeait avec autant d'aisance que si elle eût toujours fréquenté les établissements de luxe.

— Cela t'ennuie que je sois avec toi?

— Pas du tout.

— Parfois, on le dirait. Si cela te contrarie, il faut le dire. Une fois à Stamboul, je te dis bonsoir et c'est fini...

— Mais non!

Elle lut tout l'après-midi un roman allemand, dîna de gâteaux et déclara enfin :

— Maintenant, promène-toi dans le couloir pendant que je me déshabille.

Elle entrouvrit la porte du compartiment, un quart

d'heure plus tard. Elle portait un pyjama et une robe de chambre.

— À ton tour !

Quand ils se retrouvèrent, en costume de nuit, entre les deux couchettes, Jonsac tendit les bras en murmurant :

— Nouchi...

— Chut !... Couche-toi !... Je suis très fatiguée...

Et elle se glissa sous les draps, qu'elle releva jusqu'au menton.

— Dors bien... Éveille-moi une heure avant d'arriver...

Deux ou trois fois, il faillit se relever mais il sentait bien que ce serait inutile. Quand ils s'éveillèrent, on était à moins d'un quart d'heure de Stamboul et il ne fut pas question de s'habiller tour à tour.

Ils s'agitèrent donc, dans le compartiment exigu, cherchant leur linge, leurs chaussures. Un instant, Jonsac entrevit la poitrine blanche de Nouchi, puis ses jambes, tandis qu'elle tendait ses bas.

Mais quelques instants plus tard, ils étaient tous deux corrects, leur valise à la main, attendant l'arrêt complet du train à Haydar Pacha, pour sauter sur le quai et foncer dans la cohue de la grande gare.

Le bateau attendait, qui allait les conduire de l'autre côté du Bosphore, à Stamboul dont on voyait les minarets à gauche, les maisons en béton de la ville nouvelle à droite.

Jonsac marchait vite, ébloui par le soleil, par le

miroitement de la mer, quand une main accrocha son bras, naturellement, comme si, depuis toujours, ç'eût été sa place.

— Tu fais de trop grands pas, dit Nouchi.

II

L'après-midi, en traversant les jardins de Taxim qui dominent la Corne d'Or, Nouchi avait froncé son nez pointu, tandis que ses prunelles semblables à deux petites pastilles noires se rapprochaient et elle avait décrété :

— C'est ici que nous devons habiter !

Jonsac connaissait déjà cette fixité soudaine du regard, ce frémissement du nez qui annonçaient une concupiscence quasi animale. Nouchi désignait les immeubles modernes qui bordent le parc, les portes de fer forgé au-delà desquelles on apercevait les halls de marbre, des ascenseurs doux et rapides, des appartements où tout était net et d'où le regard caressait le panorama de Constantinople.

Une femme était accoudée à un balcon, vêtue de bleu, et ce bleu mettait sur la maison blanche une tache vibrante qui donnait une impression de paix radieuse, de quiétude irréelle.

Dans le jardin, autour du couple, des nurses aussi

propres que des infirmières promenaient des enfants.

Mais c'était la tache bleue que Nouchi regardait de ses yeux si rapprochés, si aigus soudain, cette tache bleue à la place de laquelle elle voulait être.

Jonsac l'y voyait, nonchalante dans un déshabillé soyeux, regardant vaguement la ville en promenant le polissoir sur ses ongles.

En attendant, ils avaient choisi une chambre au *Péra Palace*, une chambre au sixième, sans vue sur le Bosphore, afin que ce ne fût pas trop cher. Ils y avaient déjà dormi une nuit, chacun dans un lit. Gauchement, le soir, Jonsac s'était approché de sa compagne.

— Je suis fatiguée..., avait-elle dit de nouveau, assise sur le lit, en retirant ses bas et en caressant ses pieds meurtris.

Il avait lu dans ses yeux un réel ennui. Il avait dormi de son côté et, le matin, quand il avait ouvert les yeux, Nouchi était déjà dans le cabinet de toilette, traînant sur les dalles fraîches des sandales de crin.

— Sonne le garçon, avait-elle dit. Je voudrais du chocolat.

Et elle avait continué à s'habiller devant lui, avec un mélange bizarre de sans-gêne et de pudeur. Par exemple, elle ne cachait pas sa poitrine, qu'elle lavait à l'eau froide, écrasant l'éponge entre les deux seins. Mais son regard semblait tracer autour

28

d'elle un cercle défendu au-delà duquel Jonsac devait se tenir.

Elle s'habillait en sa présence comme elle devait s'habiller devant ses compagnes du cabaret et, à moitié vêtue, elle passa de longues minutes, le front plissé, à ravauder un bas tendu sur son poing.

— Qu'est-ce que nous faisons, aujourd'hui?

Elle disait « nous » aussi simplement que s'ils eussent été mariés depuis des années, et cependant, il n'y avait encore rien entre eux, à peine la caresse de Jonsac sur le genou enfantin, deux ou trois baisers sur le front.

— Il faut que je passe à l'ambassade.

Sans cesser de remmailler son bas, elle lança un coup d'œil à son compagnon, un coup d'œil approbateur et ravi.

— Je comprends!... L'ambassade de France?

— Mais oui.

Quant à Jonsac, il fut incapable de s'habiller devant elle et il s'enferma au verrou dans le cabinet de toilette. Lorsqu'il parut, il était impeccable, le monocle à l'œil, les joues rasées de près.

— Le monocle te va très bien!

Et elle rit de la satisfaction de son compagnon. Souvent ils se regardaient à la dérobée et parfois ces regards se rencontraient. Alors, malgré eux, ils souriaient. C'était presque un jeu. Jonsac souriait de l'assurance de Nouchi comme il eût souri de voir une enfant prendre des airs protecteurs et vouloir mener les grandes personnes.

Nouchi, de son côté, ne souriait-elle pas de l'assurance avec laquelle Jonsac jouait son rôle de monsieur grave et rassis ?

Ils longèrent ensemble la Grand-Rue de Péra, descendirent la venelle en pente qui conduit à l'ambassade. C'est un bel hôtel, dans un parc silencieux autant que le parc d'un couvent. Un jardinier arrosait les massifs et Nouchi s'assit sur un banc.

— Je t'attends.

Elle le suivit des yeux quand il pénétra dans le hall, passa sans s'arrêter devant les valets et s'engagea dans l'escalier d'honneur.

Une demi-heure plus tard, Jonsac la retrouva à la même place et elle lui prit le bras d'un geste déjà familier.

— Il faudra que nous gagnions beaucoup d'argent, affirma-t-elle en se retournant pour voir une fois encore les ombrages du parc et le péristyle à colonnes.

Maintenant, ils marchaient lentement dans les rues désertes. Il était quatre heures du matin et les pâleurs du ciel annonçaient le jour.

— Tes amis ne sont pas très intéressants, tranchait Nouchi. Tu les vois souvent ?

— Assez souvent.

— Avoue que tu les vois tous les jours.

C'était vrai, mais Jonsac en eut honte et nia.

— Pas tous les jours...

Il vit bien qu'elle ne le croyait pas. Vers sept heures du soir, ils s'étaient dirigés vers les ruelles du vieux Stamboul, au-delà du port et, derrière le marché aux poissons, ils avaient pénétré dans le restaurant d'Avrenos.

Il fallait descendre deux marches pour arriver dans une salle basse, aux murs peints en jaune, où il y avait une dizaine de tables et un comptoir chargé de victuailles. Dès les premiers pas, Jonsac avait rencontré des amis qui avaient reculé leur chaise pour faire place aux nouveaux venus.

On sentait qu'ils étaient quelques-uns à se rencontrer chaque soir au même endroit. Au début, la présence de Nouchi les tint presque silencieux. Ils n'échangeaient que des phrases banales.

— Vous retournez à Ankara?

— Pas avant l'hiver prochain. Selim bey ne vient pas?

— Il a ses rhumatismes. Nous le verrons tout à l'heure à Péra.

Le repas, lui aussi, était rituel. Sans qu'il fût besoin de commander, le garçon apporta des moules frites, des feuilles de vigne farcies, puis un ragoût de poisson très poivré. Il n'y avait pas de nappe sur les tables. Les verres de raki étaient épais et embués.

En mangeant lentement, Nouchi observait ses nouveaux compagnons dont le nombre ne tarda pas à augmenter. C'était bien un rendez-vous quotidien.

Deux hommes entraient et on se serrait davantage pour leur faire place.

— Tefik bey, présenta Jonsac, en désignant le plus jeune.

Puis il se tourna vers un homme de trente-cinq ans, aux cheveux déjà gris, au sourire désabusé, qui vint s'incliner devant la jeune fille et qui lui baisa la main.

— Ousoun, le banquier...

— Nous nous sommes déjà rencontrés, dit-elle.

Il s'en souvenait aussi, mais peut-être n'osait-il pas préciser. Ce fut elle qui expliqua :

— À Constanza, en Roumanie... C'était au *Maxim*...

Ce n'était pas elle qui était gênée, c'était lui. Et Nouchi avait un sourire condescendant en présidant ce repas qui se poursuivait cahin-caha, sans ordre, chacun mangeant à son tour ce qui lui plaisait, et chacun payant sa part.

Maintenant qu'ils rentraient à l'hôtel, dans le petit jour, elle questionnait :

— Qu'est-ce qu'il fait, Ousoun ?

— Avant la révolution, sa famille était très riche et il étudiait à Genève. Il est devenu ensuite sous-directeur d'une banque turque, mais la banque a fait faillite la semaine dernière. C'est pour m'annoncer cette nouvelle qu'il m'a attiré à l'écart.

— À Constanza, il n'y a pas eu moyen de lui faire payer le champagne !

N'était-ce pas partout la même chose, à Bucarest, à Sofia, à Smyrne, à Ankara ou à Stamboul ? Ici et là, il y avait les mêmes cabarets, les mêmes danseuses, les mêmes clients aussi.

Deux catégories de clients, plutôt, que Nouchi reconnaissait du premier coup d'œil. D'abord ceux qui ont vraiment de l'argent et qui viennent là pour s'amuser, prennent deux ou trois jolies filles à leur table, soupent et boivent sans compter les bouteilles.

Puis les autres, les gens comme Ousoun, comme tous les amis de Jonsac, qui n'ont rien à faire le soir, et qui viennent s'asseoir dans un coin, restent le plus longtemps possible et choisissent la consommation la moins chère.

Voilà pourquoi elle affirmait maintenant :

— Ils ne sont pas intéressants, tes amis !

Voilà aussi pourquoi Ousoun avait rougi, car il souffrait de sa pauvreté présente et la scène, à Constanza, avait été pénible, Nouchi insistant pour lui faire commander du champagne et lui refusant, elle s'obstinant encore, lui s'en allant enfin d'un air gêné.

— En somme, ils sont tous fauchés ?

— Les Turcs ont passé par une crise terrible, répliqua Jonsac.

Mais elle haussa les épaules.

— Les Roumains aussi, et les Bulgares, et nous...
Cela ne signifie rien, la crise!...

Elle méprisait la pauvreté et les pauvres, peut-être parce qu'elle se souvenait de son enfance. N'avait-elle pas ouvert les yeux sur le monde au moment où Vienne mourait de faim?

— Par l'ambassade, tu dois connaître des personnages plus intéressants, affirma-t-elle de sa voix tranquille.

Ils marchaient toujours et Nouchi faisait mentalement le bilan de la nuit.

Chez Avrenos, à la fin du repas, ils étaient sept ou huit et les hommes, peu à peu, s'accoutumaient à sa présence, prenaient leurs attitudes familières.

Ousoun seul restait lointain, mais on sentait qu'il était toujours ainsi, avec le même sourire qui voulait être ironique et qui n'était que résigné.

En face de lui, il y avait Mufti bey, le plus turc de tous, égrenant sans conviction un chapelet de gros grains d'ambre roux. C'était le fils d'un personnage illustre de l'ancienne Turquie. Avant la révolution, il possédait plusieurs palais sur le Bosphore et des terrains immenses.

Maintenant, il vivait dans une chambre meublée et dépensait au compte-gouttes ce qui lui restait.

Il demeurait quand même grand seigneur. Nouchi avait remarqué près de lui un garçon maigre et cha-fouin qui semblait deviner les désirs de Mufti bey.

— Qui est-ce? avait-elle demandé à Jonsac.

— Un Albanais, un ancien brigand qui, pendant

la guerre, a tenu des régiments en échec avec une poignée d'hommes. Maintenant, il vit avec Mufti bey...

— Comme domestique?

— Domestique et pas domestique. Il le suit partout, recoud ses vêtements, lave son linge, fait son lit, mais ce n'est pas un domestique.

Il y avait encore Tefik bey, un journaliste sans passé et enfin un jeune homme chevelu qui annonça à Nouchi qu'il faisait de la sculpture et qui lui demanda si elle aimait le haschisch.

Tous parlaient le français, n'échangeant que de loin en loin quelques mots turcs entre eux, par inadvertance, et la jeune fille remarqua que Jonsac parlait le turc aussi.

Ce fut pour elle une nuit étrange, ce qu'on aurait pu appeler une nuit à l'envers, car cette fois elle voyait en dehors des cabarets ceux qu'elle ne rencontrait jadis qu'autour des tables.

— Que fait-on? demanda Ousoun, une fois qu'on eut atteint le marché aux poissons.

Il était dix heures. Tous se regardèrent et ils devaient se regarder ainsi chaque soir, hésitant, sachant bien qu'ils feraient ce qu'ils avaient l'habitude de faire, parce qu'ils ne pouvaient rien imaginer d'autre.

— Si on allait fumer?... proposa le sculpteur, à qui on ne répondit même pas.

Nouchi les vit chuchoter en citant différents

35

endroits et, en cette matière, l'Albanais de Mufti bey servait de conseil.

— Fermé il y a trois jours, par la police!...

— Et à Galata?

— Fermé aussi...

Pendant ce temps-là, on restait debout dans la rue où passaient des silhouettes de Turcs en costume indigène.

— On va discuter longtemps? s'impatienta Nouchi.

Elle devinait autre chose : Mufti bey fouillait ses poches, remettait de l'argent à l'Albanais, mais il ne devait pas y avoir assez, car Jonsac, lui aussi, fut mis à contribution.

L'air était tiède. On sortit du réseau de petites rues et, sur le pont, on prit un taxi pour gagner Péra.

C'était l'heure où, dans les cabarets, les danseuses achèvent de se faire une beauté et choisissent une table tandis que les musiciens prennent place et accordent les instruments.

Dans la Grand-Rue de Péra s'étirait la vie nocturne de toutes les villes de province, en plus nonchalant, des jeunes gens, des jeunes filles marchant par groupes se retournant les uns sur les autres. Une fois au bout, on changeait de trottoir et on revenait sur ses pas.

Le groupe faisait la même chose. Mufti bey connaissait tout le monde, serrait des mains au passage. L'Albanais avait disparu et Nouchi, que ses hauts talons fatiguaient, murmura avec humeur :

— Qu'est-ce que nous attendons?

Elle en avait assez de parcourir ainsi la même rue, dix fois, dans les deux sens, en revoyant les mêmes visages.

— On est allé chercher du haschisch.

L'Albanais s'était enfoncé dans les petites rues de Top-Hané. Quand il revint, il montra discrètement une petite boule de matière brune qu'il tenait dans le creux de sa main.

Alors commença une nouvelle discussion. Il s'agissait de savoir où l'on irait fumer. Quelqu'un proposa un petit café indigène et l'on descendit une nouvelle ruelle en pente si raide que des escaliers eussent été nécessaires. Dans l'ombre dense des seuils on devinait des gens qui vivaient une vie silencieuse.

— Fermé! annonça l'Albanais en montrant des volets clos.

Dans la Grand-Rue, Nouchi avait repéré deux cabarets, le *Chat Noir* et le *Tabarin*. En passant, elle avait entendu les premiers accords de la musique.

On n'y alla pas encore. Traînant la jambe sur les mauvaises pierres des ruelles, on gagna le quartier neuf et là on descendit dans le sous-sol d'un immeuble moderne.

C'était l'appartement de Selim bey, celui-là qui n'avait pu rejoindre ses amis parce qu'il avait ses rhumatismes. On le trouva occupé à préparer du café dans une cuisine étroite. Il était gras, débraillé, mais à la vue d'une femme il disparut et revint vêtu avec soin.

— Selim bey, conseiller d'ambassade, présenta Jonsac. Le plus français et le plus spirituel des Turcs.

Jonsac était à l'aise parmi eux, en dépit de sa raideur et de son monocle. Nouchi lui en voulait un peu, mais elle remarqua que parfois, dans les coins, il y avait des conciliabules à voix basse.

Tous ces hommes, qui avaient de trente à cinquante ans, vivaient dans la même intimité que des étudiants. Chez Selim bey chacun se mettait au travail et bientôt une table fut dressée, couverte de « mezet », c'est-à-dire de hors-d'œuvre turcs, poisson séché, caviar de brochet, étranges petites choses salées ou poivrées qu'on grignote en buvant du raki.

Ousoun n'adressa pas une seule fois la parole à Nouchi mais, de toute la soirée, il ne cessa de la contempler et elle sourit, comme elle sourit quand Tefik bey, le journaliste, renversa un verre, tant il mettait d'empressement à la servir.

L'Albanais préparait le narghilé et on voulut que la jeune fille fumât comme les autres mais, à la première bouffée, elle toussa et rejeta le bout d'ambre qu'Ousoun se hâta de saisir.

Ce n'était même pas une orgie. Ils étaient là, couchés sur des divans, assis par terre, et de temps en temps quelqu'un récitait des vers en français ou en turc. Un autre répondait par d'autres strophes. Le sculpteur entonna une complainte populaire et Nouchi, qui était mal assise, se leva avec l'air de quelqu'un qui ne demande qu'à partir.

— Si on allait danser? proposa-t-elle.

Ils ne protestèrent pas. Seulement elle les surprit qui, derrière un rideau, faisaient des comptes d'argent et son nez se fronça, ses prunelles se rapprochèrent.

Tant pis pour eux! Ils la suivirent à nouveau le long de la Grand-Rue de Péra et ils entrèrent ensemble au *Tabarin*, où il n'y avait, outre les danseuses, que deux consommateurs.

Cette fois, Nouchi était cliente. Quand on lui tendit la carte des vins, elle la repoussa, regarda le garçon et prononça :

— Tu es hongrois?

Puis elle lui parla dans sa langue, discuta les prix, fit servir enfin du vin en carafe qui ne coûtait qu'une quarantaine de francs.

Jonsac, qui n'était pas encore habitué à avoir une compagne, se comportait gauchement et chaque geste de la jeune fille semblait l'étonner.

Qu'avait-on fait encore? C'était tout. Le sculpteur avait continué, au *Tabarin*, à fumer du haschisch qu'il émiettait dans du tabac avant de rouler des cigarettes. À la fin, son regard était vague et il n'avait rien trouvé de mieux à proposer que d'aller faire une promenade au cimetière d'Eyoub.

Le cabaret ne marchait pas. Nouchi avait surpris la lassitude du patron, la résignation des femmes qui, n'espérant plus de nouveaux clients, s'étaient groupées autour d'une table. Les nappes n'étaient pas propres. Quand la jeune fille demanda quelques fruits, on dut aller les chercher dehors.

Alors elle bâilla. On partit...

C'était tout...

— Nouchi...

Silence. Nouchi se déshabillait, dans leur chambre du *Péra Palace*. On n'avait pas allumé l'électricité, car les vitres étaient déjà blanches de la blancheur trouble du matin. Jonsac, appuyé à un meuble, regardait sa compagne qui passait sa robe par-dessus la tête.

— Eh bien?... s'impatienta-t-elle.

— Je voulais te demander...

— ... ce que tu comptes faire.

— Et toi?

Il ne trouva rien à répondre. Tandis qu'elle s'asseyait au bord du lit pour retirer ses bas, il se demandait si c'était lui qui l'avait emmenée ou elle, au contraire, qui l'avait en quelque sorte annexé.

Comment cela s'était-il fait? Aurait-il pu le dire? Pourquoi étaient-ils là, dans une même chambre, alors qu'il n'existait aucun lien entre eux?

Ses amis lui avaient demandé si Nouchi était sa maîtresse et il avait dit oui. Mais il commençait à pressentir que ce ne serait peut-être jamais vrai.

— Tu ne m'aimes pas?

40

— Que veux-tu dire? Retourne-toi un instant, veux-tu?

Il obéit et, quand elle lui permit de regarder de nouveau, elle était vêtue d'un pyjama dont le pantalon faisait paraître ses cuisses et ses hanches plus grêles.

— Si tu en as déjà assez de moi, dit-elle alors, il faut le dire. Moi je ne serai jamais en peine.

Ils étaient fatigués l'un comme l'autre et la fatigue leur mettait le même vague dans la poitrine et dans les membres que l'ivresse. Nouchi se couchait, se creusait une place dans l'oreiller.

— Je n'ai pas voulu te vexer en parlant de tes amis. N'empêche qu'ils ne sont pas intéressants. Qui est-ce qui a payé, au *Tabarin*?

— C'est moi.

— Tu vois! Et tu as donné de l'argent pour le haschisch!

— Mufti bey a donné le reste.

Elle se tut. Il hésitait à s'approcher d'elle, tant il savait qu'elle était prompte à réagir.

— Écoute, Nouchi...

— J'écoute.

— Tu dois te rendre compte que je ne puis pas vivre près de toi sans...

— Tais-toi!

Elle disait cela avec lassitude.

— Si tu parles encore de cela, ce sera fini entre nous. Tu ne comprends pas? J'ai horreur des hommes, ou du moins...

41

Elle mit un coude sur l'oreiller, appuya la tête sur sa main.

— Je ne t'empêche pas d'aller voir d'autres femmes si tu en as envie...

Jonsac avait toujours son monocle, un pli impeccable à son pantalon, des guêtres blanches, l'air, en somme, d'un homme distingué et sûr de soi. Mais Nouchi ne s'y trompait pas. S'y était-elle jamais trompée ? Elle le regardait avec une satisfaction non exempte de condescendance.

— Tu fais chic !... remarqua-t-elle comme pour elle-même.

Puis soudain sérieuse, comme si maintenant elle passait aux affaires :

— Qu'est-ce que tu fais, au juste, à l'ambassade ?

Elle le vit se troubler, presque rougir.

— Je saurai quand même la vérité un jour ou l'autre !

— Je rends des services.

— Des petits ! affirma-t-elle. Combien te donnent-ils ?

— Mille francs par mois.

Il avait voulu mentir, citer un chiffre impressionnant mais, malgré lui, la vérité était sortie de ses lèvres.

— C'est tout ?

— J'ai d'autres ressources...

Le regard de Nouchi descendit jusqu'aux chaussures qui, elles, ne trompent pas, et c'étaient des

42

chaussures fatiguées que ravivait seule la blancheur des guêtres.

Tout cela s'harmonisait, en somme, avec le restaurant d'Avrenos, avec Ousoun, qui était sous-directeur d'une banque en faillite et avec Mufti bey que la révolution avait ruiné.

— Jonsac est ton vrai nom?

Il préféra ne pas répondre et elle n'attacha pas d'importance à sa question.

— Couche-toi maintenant, dit-elle. Le soleil se lève. Si tu ne veux plus de moi, tu le diras demain matin, ou plutôt ce matin. J'ai sommeil...

Elle ferma les yeux avec la volonté de s'endormir. Jonsac, le regard pesant, pénétra dans le cabinet de toilette et revint avec une robe de chambre sur son pyjama. Il se pencha sur le lit, regarda Nouchi qui paraissait endormie, se pencha davantage pour lui baiser le front.

Alors, sans ouvrir les yeux, elle répéta comme en rêve :

— Tu sais, tes amis ne sont pas intéressants...

III

Quand Jonsac ouvrit les yeux, il vit en face de lui un lit vide tiédi par le soleil et il lui fallut quelques instants pour retrouver la notion de la vie à deux qu'il menait depuis si peu de jours. Alors il se dressa d'un mouvement qui trahissait un soudain effroi, regarda si vivement autour de lui qu'il n'aperçut pas Nouchi debout dans un coin d'ombre.

Elle pouffa et il se troubla, ne trouva à dire que :

— Tu es déjà habillée ?

— Il est midi.

Non seulement elle était vêtue de son tailleur noir mais, dressée devant l'armoire à glace, elle ajustait sur sa tête son chapeau vert.

— Tu as eu peur que je sois partie pour toujours ?

Au lieu de répondre, Jonsac questionna avec mauvaise humeur :

— Où vas-tu ?

La fenêtre était large ouverte sur la rumeur de la ville. Nouchi était débarrassée des moiteurs de la nuit, tandis que Jonsac tendait maladroitement la main vers un verre d'eau.

— J'ai rendez-vous avec Mufti bey, annonça-t-elle tranquillement.

— Comment? Avec Mufti? Quand t'a-t-il donné ce rendez-vous?

— Hier au soir, dans la rue de Péra, alors que nous marchions en arrière. Il paraît qu'il a de curieux bibelots turcs qu'il veut me montrer. Le sculpteur aussi m'a invitée à aller chez lui. Il habite une vieille mosquée au bord du Bosphore.

Elle le narguait, du bout des lèvres, et il restait sans réplique, attendant qu'elle eût le dos tourné pour sortir du lit et revêtir sa robe de chambre.

— Je suppose que tu as des courses à faire, dit-elle encore. Nous nous retrouverons ici après-midi.

Elle avait déjà franchi le seuil quand elle passa la tête par l'entrebâillement de la porte, et lança :

— Ne te fais pas de mauvais sang à cause de Mufti bey. Il n'est pas dangereux!

Un quart d'heure plus tard, Jonsac déambulait seul dans les rues de Péra et se dirigeait vers l'ambassade. Mufti habitait tout près de là, dans le même immeuble que le gros Selim bey chez qui on avait passé une partie de la nuit. Il faillit s'y rendre, mais il craignit le ridicule, et continua sa route dans les rues animées où les tramways le forçaient sans cesse à se garer sur l'étroit trottoir.

Deux fois il heurta des passants et bafouilla des

excuses. Il avait le front plissé, le regard fuyant, les doigts agités par la nervosité.

Qu'allait-il arriver, en somme? Oui, que pouvait-il arriver? Et comment les choses s'étaient-elles passées? Était-ce lui qui avait eu l'idée d'emmener Nouchi et de vivre avec elle? Était-ce elle, au contraire, qui s'était accrochée à lui?

Et toutes ces histoires d'argent, de profession! Elle le prenait pour un aventurier, c'était évident. Elle ne croyait même pas que son vrai nom fût Jonsac!

Il traversa le parc de l'ambassade, passa devant les garçons, frappa à une petite porte du second étage et pénétra dans le bureau du conseiller.

Il avait encore son monocle, sa haute stature, sa correction parfaite. Il tendait même la main avec une certaine familiarité au jeune homme assis derrière un bureau d'acajou. Mais c'était une familiarité déférente et il ne s'assit qu'après qu'on l'y eut invité.

— Je suis à vous dans un instant...

Le jeune homme achevait un travail commencé, donnait un coup de téléphone cependant que Jonsac, le chapeau sur les genoux, attendait en silence.

Enfin, le conseiller rassemblait quelques papiers, les glissait dans une chemise jaune qu'il tendait à son visiteur.

— Vous verrez ce que c'est... À propos, il y a aussi un journaliste de Paris qui voudrait être reçu par le Ghazi. Quand arrive-t-il?

— On l'attend d'une heure à l'autre.

— Essayez d'obtenir une audience.

Comme chaque matin, le conseiller ouvrit une boîte de cigares et Jonsac en prit un avant de sortir.

Un drogman, voilà ce qu'il était! Il ne faisait pas d'espionnage. Il ne se livrait à aucun trafic illicite et il ne volait pas.

Il était une sorte d'interprète de l'ambassade, une sorte de commissionnaire aussi, en ce sens qu'il était chargé de toutes les petites commissions auprès des autorités turques.

Maintenant, par exemple, il se rendait au Vilayet, c'est-à-dire à la Préfecture de Police. C'est là qu'il allait le plus souvent et il connaissait tous les couloirs demi-obscurs de la grande maison, toutes les portes, tous les bureaux.

Il entra dans un de ceux-ci, un bureau terne et banal, tendit la main au chef du service des étrangers.

Ici, il pouvait s'asseoir sans y être invité, cependant que le commissaire pressait un timbre électrique et que, quelques instants plus tard, un garçon apportait deux tasses de café turc.

— Il fait chaud à Ankara?

— Plus chaud qu'ici. Le Ghazi arrive toujours aujourd'hui ou demain?

Le fonctionnaire était un homme de cinquante ans, aux cheveux gris, au complet sombre de confection, à la cravate toute faite et rien n'eût pu le faire prendre pour un Turc sans le chapelet d'ambre enroulé autour de son poignet et dont, tout en parlant, il semblait compter et recompter les grains.

— On ne sait jamais quand le Ghazi viendra. En tout cas, son yacht est sous pression depuis huit jours, prêt à aller le prendre à Haydar-Pacha.

Jonsac avait ouvert la chemise jaune et son interlocuteur tendait la main, jetait un coup d'œil sur les papiers. C'étaient ceux du journaliste fraîchement débarqué qui désirait un permis de séjour, une carte de chemin de fer, le demi-tarif pour les télégrammes.

— Vous croyez que Mustafa Kemal acceptera de le recevoir?

Le fonctionnaire répondit par un geste vague et onctueux.

— Venez me voir demain...

C'était tout et ce n'était pas tout. On devinait que le Turc avait encore quelque chose à dire, mais il commença par tendre son étui à cigarettes et par donner du feu à son compagnon.

— J'ai eu un entretien ce matin avec le préfet, articula-t-il alors en égrenant toujours son chapelet et en se renversant sur sa chaise. Je suis bien content que vous soyez venu.

Une longue pause. Par la fenêtre ouverte, on voyait deux policiers qui amenaient un prisonnier, menottes aux poings. Tous trois traversaient en biais la cour calme et ensoleillée.

— Je crois que vous connaissez une danseuse

49

hongroise dont j'ai justement le dossier sous la main.

Jonsac avait assez vécu en Turquie pour ne pas bouger et attendre.

— Vous savez que, depuis un mois, les étrangers n'ont plus le droit d'exercer chez nous certaines professions. C'est le cas, entre autres, pour les danseuses, les coiffeurs, les manucures. La personne dont je vous parle a quitté Ankara au moment où on allait lui signifier son arrêté d'expulsion.

Jonsac essayait de faire bonne contenance, mais il avait rougi et il savait que le policier l'avait remarqué.

— Si elle n'exerce plus son métier... tenta-t-il.

— C'est encore pis. Justement, je posais la question au préfet. Pour résider en Turquie sans exercer de métier, il faut faire la preuve que l'on possède des ressources suffisantes...

Jonsac savait depuis longtemps que la police était bien faite et que tout étranger était surveillé dès son débarquement. On n'ignorait donc pas qu'il avait quitté Ankara en compagnie de Nouchi, ni qu'il occupait la même chambre qu'elle au *Péra Palace*.

Ici, il n'avait pas besoin de jouer un rôle. Il n'était qu'un drogman, le drogman de l'ambassade. Un instant même, il retira son monocle pour essuyer son visage moite et ses paupières battirent comme battent les paupières des myopes.

— Naturellement, j'ai demandé au préfet s'il n'y avait pas moyen d'arranger les choses. Autrefois, la question ne se serait même pas posée, mais vous savez à quel point le Ghazi est strict sur l'application des règlements.

Jonsac ne réagissait pas. Il était atterré. Il se rendait seulement compte de la force du lien qui s'était établi entre lui et la danseuse. Déjà il entrevoyait la nécessité de partir avec elle, de changer de pays une fois de plus.

Le chef du service des étrangers s'en apercevait, lui aussi, bien qu'il parût sans cesse regarder ailleurs. Il restait impassible et poli, parlait d'une voix douce en ayant l'air de n'attacher aucun poids à ses paroles.

— De ma conversation avec mon chef, il résulte...

Jonsac leva la tête et ne songea même pas à cacher sa détresse et son espoir.

— ... que cette jeune fille ne pourrait continuer à vivre en Turquie que si elle épousait légalement une personne ayant elle-même le droit d'y résider...

Le fonctionnaire se leva, tendit la main à son visiteur et le conduisit jusqu'à la porte.

— De toute façon, ajouta-t-il, l'arrêté d'expulsion ne sera pas mis à exécution avant quinze jours ou trois semaines.

Jonsac marchait dans la poussière de soleil comme il eût pataugé dans un nuage. Il ne savait plus où il en était. Tout lui paraissait irréel.

À cette heure, par exemple, Nouchi était dans l'appartement de Mufti bey, et sans doute l'Albanais s'occupait-il de préparer le déjeuner sur le réchaud à gaz.

Or, malgré cela, Jonsac ne repoussait pas l'idée de mariage que le fonctionnaire avait prudemment lancée.

Il faisait chaud. Il n'y avait d'ombre que dans les ruelles où grouillaient les indigènes et où Jonsac se faufilait entre les porteurs et les ânes, entre les sacs et les caisses de marchandises qui débordaient des boutiques jusqu'au milieu de la chaussée.

— Il faut que je lui parle, décida-t-il soudain.

Il pressa le pas, regagna à pied le *Péra Palace*, de l'autre côté du pont, s'assit sur un tabouret dans l'ombre fraîche du bar. Il n'avait pas déjeuné, mais il se contenta de grignoter des amandes en buvant du raki.

À deux heures, Nouchi n'était pas encore rentrée. À trois heures, Jonsac était toujours accoudé au bar, la tête un peu lourde, car il avait bu quatre ou cinq verres d'alcool. Quelqu'un le salua et il faillit ne pas le voir.

— Alors, ça ne va pas?

Jonsac tressaillit, se retourna vivement et se trouva en face du comte Stolberg qu'une jeune fille en blanc accompagnait. La première vision fut imprécise. Jonsac était tellement englué dans ses pensées qu'il eut l'air de se réveiller et que la jeune fille contint mal un sourire amusé.

— Vous attendez quelqu'un ? demanda Stolberg.

— Non...

— Vous prendrez bien un verre avec nous ?

Il fit les présentations :

— Bernard de Jonsac, de l'ambassade de France... Mademoiselle Lelia Pastore, une des plus jolies habitantes de Péra...

C'était un bar comme tous les bars des grands hôtels, à la seule différence que de lourds tapis d'Orient garnissaient les murs. Les fauteuils étaient profonds, les meubles d'acajou sombre, le barman silencieux.

— Vous avez revu vos amis, depuis votre retour d'Ankara ?

— Nous sommes sortis ensemble cette nuit.

Stolberg les connaissait tous, lui aussi. Il faisait partie du groupe sans en faire partie. C'était un grand jeune homme pâle et blond d'une trentaine d'années et son père, ancien ambassadeur suédois, lui avait laissé un yali sur le Bosphore.

Stolberg n'avait pas de grosses rentes mais pouvait vivre sans rien faire et, souvent, il se mêlait à la bande des Mufti bey, des Selim, des Ousoun...

— Selim bey grossit toujours ?

— Toujours.

— Vous avez fumé ?

— Un peu.

— Et vous, vous avez déjà essayé ? demanda-t-il à la jeune fille.

Aussi grande que Stolberg, elle portait un tailleur

de flanelle blanche qu'elle avait dû faire faire à Paris. Sur le moment, Jonsac ne se demanda pas si elle était belle ou non. Il eut seulement une sensation d'élégance, de luxe. La conversation languissait.

— Si on se réunissait une nuit chez moi? proposa soudain Stolberg en regardant Lelia. Vos parents vous laisseraient-ils venir?

— Vous savez qu'ils me laissent faire tout ce qu'il me plaît. J'ai vingt-trois ans!

— Cela vous amuserait de passer une vraie nuit turque? Dans ce cas, Jonsac, vous devriez prévenir nos amis. Attendez... Nous sommes mercredi... Mettons vendredi, par exemple... Je vous demanderai seulement de vous occuper des musiciens...

C'est à ce moment que Nouchi pénétra dans le bar où le portier lui avait annoncé qu'on l'attendait. Sans hésiter elle s'approcha du groupe avec aisance et attendit que Jonsac la présentât.

— Une amie, mademoiselle Nouchi...

Elle s'assit, commanda une boisson glacée, observa le sac à main de Lelia qui était posé sur la table et dont le fermoir était en platine.

— Vous habitez Stamboul? lui demanda Stolberg pour dire quelque chose.

— Je pense que je l'habiterai désormais.

Un quart d'heure plus tard, sans que Jonsac eût pu dire comment cela s'était fait, elle était au mieux avec le Suédois et avec Lelia. Celle-ci lui donnait l'adresse d'une couturière qui allait chaque saison à

Paris chercher des modèles et les deux jeunes filles décidaient de déjeuner le lendemain ensemble, « en garçon ».

Le couple parti, Jonsac dut faire un effort pour se remettre dans l'atmosphère où il était alors qu'il attendait Nouchi. Dans ce bar de palace les paroles du commissaire paraissaient moins graves, surtout pour un homme arrivé à son sixième raki.

— Il faut que je te parle. Montons...

— On ne peut pas parler ici?

Le bar était vide. Le barman, à six ou sept mètres du couple, faisait des comptes, en appuyant avec application la mine de son crayon.

Jonsac haussa les épaules. Ici ou là...

— À propos, Mufti nous invite ce soir à aller entendre une grande chanteuse turque dans je ne sais quel jardin.

D'un geste, il écarta Mufti bey de ses préoccupations.

— Nous devons parler sérieusement, dit-il. Surtout que tout à l'heure il faudra prendre une décision. Tu m'as demandé ce que je faisais...

— Je le sais.

— Que sais-tu?

— Que tu es drogman à l'ambassade.

— Qui te l'a appris?

— Tes amis, cette nuit. Je sais aussi que tu t'appelles vraiment de Jonsac, que tu dois même être vicomte et que tu as un vieux manoir en Dordogne.

55

— Il est en ruine.

— La ferme ne l'est pas et te rapporte quelques milliers de francs par an.

Elle jouissait de son embarras. Ce qu'elle venait de dire, il voulait précisément le lui avouer, mais autrement.

— Ce sont toujours mes amis qui...?

— Je t'ai averti qu'ils n'étaient pas intéressants. Mufti bey m'a fait, il y a une heure, une déclaration d'amour et, si je ne lui avais pas éclaté de rire au nez, je crois qu'il aurait essayé de me prendre de force tandis que son Albanais montait la garde.

— Nouchi...

— Quoi?

Oui, quoi? Qu'est-ce qu'il voulait? Qu'est-ce qu'il pouvait espérer? Il n'était pas l'aventurier qu'elle avait imaginé. C'était tout bonnement un petit hobereau qui, n'ayant pas de rentes suffisantes, avait essayé de vivre de sa connaissance des langues. À Berlin, il avait été attaché à une commission d'enquêtes. À Budapest, on l'avait nommé sous-directeur d'une affaire de machines agricoles qui s'était terminée par un désastre.

Maintenant il était drogman et...

Nouchi, les deux coudes sur la table, le menton dans les mains jointes, le regardait dans les yeux en souriant. Il perdait de plus en plus contenance. Il ne savait pas ce qu'il voulait dire. Du moins avait-il une certitude : il ne voulait pas être de nouveau seul.

— Écoute... commença-t-il.

— Tu vas me faire une scène de jalousie ? Je te préviens tout de suite que j'entends rester libre de mes mouvements comme je te laisse libre des tiens. Par exemple, la jeune fille qui était ici tout à l'heure n'a pas cessé de t'observer...

— Cela m'est égal.

— D'abord, ce n'est pas vrai, puisque tu fais un effort pour ne pas sourire de contentement. Ensuite, si c'était vrai, ce serait ridicule, car je suis sûre qu'elle appartient à une famille riche.

— Et après ?

— Rien ! Qu'est-ce que tu as à me dire ?

— Je suis allé à la police...

Elle fronça le nez, releva les sourcils et ses prunelles se rapprochèrent. Depuis son enfance, n'avait-elle pas toujours eu affaire à la police ?

— Que veulent-ils encore ?

— Tu n'es pas en règle.

— Je le sais. Ensuite ?

— Il y a un arrêté d'expulsion...

Et, soudain volubile, Jonsac prononça des phrases qu'il n'avait pas préparées, prit des décisions qu'il avait à peine prévues.

— N'aie pas peur... Voici ce qui résulte de mon entrevue avec le chef des étrangers... Si tu épouses quelqu'un qui a le droit de résider en Turquie, tu...

Il s'arrêta, tant le visage de Nouchi avait changé. Pour la première fois, il y lisait une émotion véritable. Ses mains se dénouèrent. Un bras passa par-

57

dessus la table et une main toucha la main de Jonsac.

— Tais-toi!

Lui aussi était brusquement ému et peu lui importait le barman qui les regardait.

— Demain, je commencerai les formalités... Je
ne me suis pas encore renseigné, mais cela doit être
facile...

Tête basse, Nouchi fixait maintenant la table où
se dessinait la forme frêle d'un verre de cristal. Il y
eut un silence. Jonsac gardait machinalement la
main de la jeune fille dans la sienne.

— Pourquoi fais-tu cela?

— Parce que!

— Et si je ne voulais pas me marier?

Son émotion était déjà passée. Elle relevait la tête
et montrait son visage tendu par la réflexion.

— Je t'en prie... murmura-t-il.

— Si, en tout cas, je ne voulais pas qu'on sache
que je suis mariée?

— Il est facile de ne pas le dire.

— Et si...

Il devina et se renfrogna.

— Pourquoi?

Oui, pourquoi, vivant avec lui, lui refusait-elle ce
qu'elle se vantait d'avoir accordé à d'autres?

— Je ne veux pas.

— Jamais?

— Je ne dis pas jamais. Je dis que, maintenant, je

58

ne veux pas. Tu vois que tout ce que tu racontes est impossible...

Elle se leva et, traversant le bar, puis le hall, s'enferma dans l'ascenseur qui bondit vers les étages. Jonsac l'avait suivie hésitant, et, quand l'ascenseur redescendit, il le prit à son tour.

Il craignait de trouver la porte fermée au verrou mais elle s'ouvrit sous sa poussée. Nouchi était couchée sur son lit, le regard au plafond. Il l'appela d'une voix piteuse et elle ne bougea pas.

Alors, faisant les cent pas dans la chambre, il lui tint tout un discours sans trop savoir ce qu'il disait. À mesure qu'il parlait, du moins, il découvrait ce qu'il sentait, mais il n'y avait pas de mots pour le dire.

— Tes amis ne sont pas intéressants ! avait-elle décrété.

Or, il s'apercevait que c'était vrai. Elle l'avait obligé à penser à des tas de choses et surtout à lui-même. Il était comme eux, une sorte de raté qui, à quarante ans, traînait la bohème à la façon d'un étudiant.

Mais non ! Ce n'était pas cela encore... C'était beaucoup plus compliqué...

Il avait toujours vécu seul et, tout à coup, pendant quelques heures, il avait eu la révélation du couple...

Et puis...

Il y avait d'autres sentiments, d'autres idées, des vérités qui bouillonnaient en lui mais toutes se résumaient en une seule : il ne voulait pas quitter Nouchi, ou plutôt il ne voulait pas que celle-ci l'abandonnât !

Il suppliait. Il promettait :

— Tu feras ce que tu voudras. Je jure de te laisser libre...

Elle regardait toujours le plafond.

— Tu parlais d'un appartement donnant sur les jardins de Taxim. Nous en prendrons un et je me débrouillerai...

— Comment ? questionna une voix calme.

— Je n'en sais rien, mais je me débrouillerai.

Il avait besoin d'elle, voilà ! Il était prêt à tout promettre, à tout jurer.

— Pourquoi n'épouses-tu pas plutôt la jeune fille que nous avons rencontrée en bas ?

Et, comme il haussait les épaules sans répondre, elle ajouta sérieusement :

— Tu pourrais si tu le voulais. C'est cela que tu devrais faire.

— Nouchi !

— Et après ?

— On va se marier. On ne le dira à personne. Il n'y aura rien de changé.

Elle s'assit au bord du lit et rejeta ses cheveux en arrière.

— Tu seras malheureux.

Elle rit de le voir, parce qu'il était congestionné et que cela changeait sa physionomie. Tel quel, il n'avait plus l'air du monsieur distingué et rigide mais d'un gamin qui va pleurer.

60

— On se mariera! concéda-t-elle du même ton qu'elle eût prononcé : « Nous irons ce soir au cinéma! »

— C'est vrai?

Il s'approcha, voulut lui prendre les mains, mais elle se leva et se dirigea vers le cabinet de toilette.

— Il est temps de nous habiller. Mufti nous attend à six heures au bar. Je suppose qu'il faudra que j'écrive à Vienne pour mon extrait d'acte de naissance?

Elle changea de robe devant lui, avec la mine contrariée de quelqu'un qui pense à de nombreuses formalités embêtantes.

— Par exemple, si le consentement de ma mère est nécessaire, je serai obligée d'écrire à Beyrouth, car elle voyage avec la troupe. Elle suit ma sœur, qui a vingt-quatre ans.

Occupée par son maquillage, elle n'en raconta pas moins, en s'interrompant parfois pour corriger la ligne rouge des lèvres :

— À Constanza, justement, où j'ai rencontré ton ami le banquier... Comment s'appelle-t-il encore?

— Ousoun...

— Oui... Un soir, deux messieurs très bien, des industriels allemands qui étaient là pour affaire, nous invitent à dîner, ma sœur et moi... C'était à la terrasse du restaurant, sur la place principale dont j'ai oublié le nom... Ils voulaient nous épater et ils avaient commandé des choses chères, du caviar, des huîtres, du champagne... Ils ne connaissaient pas ma mère, qui mangeait un sandwich, comme tous les soirs, à la table voisine... À un moment donné, un des hommes a dit en la désignant :

« — Dire que cette guenon était peut-être jolie quand elle était jeune !

« Nous nous sommes regardées, ma sœur et moi...

— Et ensuite ? demanda Jonsac.

— C'est tout. Ils en ont eu pour trois mille lei...

IV

Dès minuit, Jonsac avait les tempes douloureuses et surtout la sensation, une fois de plus, de graviter dans un univers inconsistant. À dix reprises déjà, il était passé de la terrasse du bord de l'eau à la terrasse du premier étage, en jetant un coup d'œil furtif dans toutes les chambres. Maintenant, il recommençait...

Stolberg l'avait dit : c'était bien une nuit du Bosphore, avec sa mollesse, ses magnificences et ses pauvretés, ses parfums et ses moisissures. Comme dans les paysages de Stamboul, il y avait une bonne part de poésie trop voulue, mais aussi quelques moments vraiment rares qui ne devaient rien à la volonté des hommes.

Le yali du Suédois, construit en bois comme tous les vieux yalis, se dressait au bord même du Bosphore et les invités qui arrivaient en caïque prenaient pied sur le seuil du hall. L'eau profonde était si limpide et si calme qu'on apercevait les roches du fond entre lesquelles se faufilaient des poissons nonchalants.

Ce décor avait impressionné Nouchi, surtout les dimensions de la maison. Quand on s'était rapproché, on avait découvert Stolberg, debout sur le vaste seuil servant de débarcadère. Il portait un complet gris croisé, paraissait plus blond, plus lointain, plus grand seigneur dans l'auréole que lui faisait le soleil couchant.

Que s'était-il passé ensuite? Jonsac avait quelque peine à mettre ses souvenirs bout à bout, tant il était à la fois las et surexcité, un peu ivre peut-être, mais d'une ivresse qui ne l'empêchait pas de penser.

Il y avait eu le coucher de soleil... Les invités étaient réunis sur la terrasse... Pour garder la couleur locale, Stolberg ne leur avait pas offert de fauteuils, mais il avait jeté des coussins un peu partout à même le marbre du sol...

Tout le monde était là, pêle-mêle, Selim bey qui récitait des vers, Ousoun qui s'assit aux pieds de Nouchi, Mufti qui avait amené Lelia, le sculpteur et son frère qui avait une face de Kalmouk, Tefik bey, deux ou trois jeunes gens encore, que Jonsac ne connaissait pas.

Constantinople, en face, étalait sur un ciel pourpre son éventail de minarets et de coupoles.

Alors, les deux musiciens que Jonsac avait amenés préludèrent sur d'étranges guitares une complainte dont le motif toujours répété finissait par faire partie du frémissement de l'air.

Des barques à voiles glissaient sur le Bosphore. Des navires étaient ancrés devant le port et le rouge de leur minium devenait sanglant dans le couchant. Stolberg servait lui-même le raki, qu'il fallait boire d'un trait entre deux hors-d'œuvre épicés.

C'était tout pour cette phase de la soirée. Une impression de munificence. Nouchi l'avait ressentie plus que quiconque et s'était rapprochée de Stolberg.

La seconde phase c'était, dans la salle à manger, le dîner aux bougies. Il y en avait une centaine qui éclairaient la table et les visages de leur flamme paresseuse. Nouchi s'était assise d'autorité à côté de Stolberg, loin de Jonsac qui eut Lelia pour voisine.

La table était longue. De temps en temps seulement, Jonsac apercevait le visage animé de la danseuse, ou entendait son rire tandis que près de lui Selim bey récitait un poème à Lelia.

De cette phase-là, il restait autre chose : la jeune fille en blanc, à chaque rire de Nouchi, regardait non celle-ci mais Jonsac avec curiosité.

Que lui avait-on dit? Qu'ils étaient amants? Qu'ils étaient amis?

Le gras Selim bey la faisait boire et elle relevait le défi.

— Votre amie est tout à fait séduisante, dit-elle soudain à Jonsac. Nous avons fait hier une promenade ensemble et je me suis rarement autant amusée.

Elles n'étaient que deux femmes parmi tant

d'hommes, deux femmes fort différentes. Lelia était fille unique de riches marchands dont la dynastie était établie à Péra depuis trois générations. Elle affectait une liberté d'allure plus prononcée encore que Nouchi, mais dans les moindres détails de sa personne, dans ses plus petits gestes, se révélait la bourgeoisie cossue de sa naissance.

Qui avait versé à boire à Jonsac ? Quand on se leva de table, il avait la tête lourde et manquait d'entrain. Les musiciens jouaient de nouveau dans le hall et un invité avait ramené on ne sait d'où une vieille Turque à la voix pointue qui, une heure durant, chanta d'anciens chants du pays.

Les uns écoutaient, les autres chuchotaient dans les coins. La maison, du haut en bas, était peu éclairée. Par-ci, par-là, un candélabre traçait un cercle de lumière rousse, laissant de larges pans d'ombre où l'on devinait les visages et les mains.

Pendant le chant, Nouchi avait disparu en compagnie de Stolberg et quand Jonsac l'avait retrouvée, longtemps après, elle avait dit en désignant leur hôte :

— Il m'a fait visiter le yali... C'est extraordinaire et plein de jolies choses...

Stolberg souriait; Jonsac tenta de sourire aussi.

— Maintenant, poursuivait-elle, nous allons fumer !

On fuma, en effet, et on but. Il n'y avait plus de centre de réunion. Certains étaient restés dans le hall où Selim bey, enfoncé dans un fauteuil.

racontait de vieilles histoires turques aux musiciens. Jonsac fut longtemps sans apercevoir Lelia qu'il rejoignit dans un boudoir tendu d'étoffes sombres où, couchée sur un divan, elle fumait les pipes de haschisch qu'Ousoun lui préparait.

À ce moment-là, Jonsac avait envie de tout arrêter. Il sentait que quelque chose grinçait. Il n'était bien nulle part et ne se mêlait à aucun groupe.

C'est alors qu'il commença à monter et à descendre l'escalier, car des invités gagnèrent la terrasse du premier étage tandis que d'autres demeuraient en bas.

— En somme, fête et gens ne tournent qu'autour de deux femmes, se disait-il.

De deux femmes et de nombreuses bouteilles ! On voyait passer par exemple l'homme à face de Kalmouk qui avait déniché un flacon de whisky et qui le partageait avec son frère. Tous deux étaient ivres. Ils ne savaient que faire et, comme Jonsac, ils arpentaient sans cesse la maison, passant de l'ombre à la lumière des bougies et à la nuit bleue des terrasses.

Une première fois, Jonsac aperçut Nouchi et Stolberg étendus sur un même divan noir, dans une pièce sans lumière. Tout le monde les avait vus. Qu'est-ce qu'on pensait ?

Un phonographe fut mis en marche, au premier, et Jonsac monta, vit un couple dans la nuit de la terrasse, une robe blanche, la mince silhouette d'Ousoun.

— Nous, nous ne sommes là que pour leur servir d'excuse! rageait-il. Nous faisons la foule autour de leurs amours!

Se rendant compte que sa mine et ses allures trahissaient la jalousie qui le rongeait, il essayait de prendre un air dégagé. Alors que, pour la troisième ou la quatrième fois, il traversait la terrasse du premier au moment où un disque commençait, Lelia l'interpella.

— Vous voulez danser avec moi?

Il dansa. En lui tenant la taille, il eut la sensation qu'elle était peu vêtue sous sa robe et il devina un corps long et solide, très différent des formes souples de Nouchi.

— Vous ne vous amusez pas? dit-elle.

— Pourquoi pensez-vous cela?

— Vous êtes jaloux?

— Pas du tout.

— Vraiment? Cela vous serait égal qu'on fasse la cour à la femme que vous aimez?

Que pouvait-il répondre?

— C'est une drôle de nuit, n'est-ce pas? poursuivit-elle. Moi, c'est la première fois que je fume et il me semble que cela ne me grise pas du tout...

En même temps qu'elle disait cela, sa voix trahissait un désarroi naissant.

— Tous vos amis sont très amusants. Ousoun me fait la cour avec un sérieux magnifique. Venez boire quelque chose...

Elle l'entraîna vers le meuble où les bouteilles

68

étaient rangées et elle en prit une au hasard, emplit deux verres.

— Essayez d'être aussi gai que les autres! À votre santé!

Ousoun rôdait par là, et aussi Mufti bey qui réclama la danse suivante. Jonsac, qui avait bu un plein verre d'une liqueur sucrée, s'en versa un second.

La suite fut plus confuse. Il voyait des silhouettes fuyantes. Dans un cabinet de travail, il entrevit Stolberg qui montrait à Nouchi un album d'estampes et Nouchi lui lança au passage un signe amical.

Boudeur, il s'assit dans un coin, mais Selim bey s'accrocha à lui et voulut lui raconter l'histoire du suîtan dont la barbe était tissée de perles. Les musiciens avaient bu comme les autres et laissaient courir les doigts sur leurs instruments.

Où qu'on fût dans la maison, on restait imprégné par le Bosphore qui semblait entrer par toutes les baies ouvertes. Un mince filet d'eau bruissante se dessinait le long des pierres du seuil et dans l'obscurité on devinait les caïques qui se rapprochaient, curieux de la lumière et de la musique.

— Bernard!

C'était la voix de Nouchi, qui appelait Jonsac dans le cabinet de travail où elle avait admiré les estampes.

— Regarde ce que Stolberg m'a donné!

Le plus gênant, c'est que Stolberg restait là, tranquille, comme si l'idée n'eût même pas pu lui venir de craindre la jalousie de Jonsac.

Quant à Nouchi, elle montrait une statuette taillée dans un seul morceau d'ambre.

— C'est joli, n'est-ce pas ?

— C'est joli, oui.

Il préférait s'éloigner. La statuette était une des rares belles pièces que possédât Stolberg et valait plusieurs milliers de francs.

Il refit la navette, de haut en bas, de bas en haut, trouva Lelia dansant avec Ousoun puis avec Mufti bey. Le sculpteur, penché sur la balustrade de la terrasse, vomissait son dîner.

Nul n'avait la notion de l'heure. Les lumières de Stamboul pétillaient au-delà du Bosphore et il n'y avait de bruits dans l'air que ceux de la maison et le clapotement de la vague. On percevait en même temps la musique du phonographe et les notes rêveuses des instruments indigènes.

Une demi-heure durant, peut-être, Jonsac resta seul à se morfondre dans un coin de la terrasse. Le Kalmouk ivre s'approcha de lui et lui tendit un verre qu'il vida d'une lampée.

Les silhouettes étaient de plus en plus confuses. Des bougies s'étaient éteintes. En passant devant un boudoir, Jonsac eut la sensation nette de deux êtres enlacés, debout dans l'ombre, de deux bouches collées l'une à l'autre.

Nouchi, ou Lelia ? Cela lui était égal que ce fût l'une ou l'autre. Tous les désirs épars, toutes ces voluptés volées autour de lui le blessaient également. Il fit un détour parce que Selim bey le regardait, se heurta à l'Albanais qui préparait encore des pipes et, à ce moment précis, il y eut un rire nerveux sur la terrasse, au bord de l'eau.

C'était Lelia qui criait :

— Alors, ne regardez pas !... Si vous jurez de ne pas regarder...

Des voix d'hommes, plus basses, lui répondaient. Où était Nouchi ? Quelque part avec Stolberg. Des ombres se dirigeaient vers la terrasse pour voir ce qui s'y passait.

— Pas toute seule ! ajoutait la voix aiguë de Lelia, qui était ivre.

Presque aussitôt, il y eut un bruit d'eau remuée et des rires, des cris de joie. Jonsac s'approcha malgré lui et vit le Kalmouk qui s'était jeté dans le Bosphore et qui nageait en crachant comme un dauphin de fontaine.

Des silhouettes d'hommes entouraient la robe blanche de Lelia, des mains se collaient au tissu.

— Laissez-moi le faire moi-même ! protestait-elle. Jurez de ne pas regarder !

Jonsac était le plus éloigné d'elle, à dix mètres au moins. Il la vit qui, en quelques mouvements prestes, faisait tomber sa robe et son linge.

C'est à peine s'il y eut un instant la clarté du corps nu. L'eau s'ouvrait à nouveau, Lelia avait plongé et nageait droit devant elle mais la nuit

71

n'était pas assez sombre pour engloutir la forme blanche que l'eau déformait.

— Revenez, maintenant! dit une première voix inquiète, que Jonsac n'identifia pas.

La jeune fille nageait toujours vers le large, suivie par le dauphin qui riait. Il n'était pas nu. Il avait plongé comme il était, tout vêtu, et l'eau froide ne le dégrisait pas. Son rire, entre deux jets d'eau, faisait penser à un rut barbare et puissant.

— Revenez! répéta-t-on alors que Lelia entrait dans un grand pan d'ombre.

Le silence seul répondit.

— Que se passe-t-il?

Cette fois, c'était Nouchi qui arrivait sur la terrasse en compagnie de Stolberg et qui ne savait rien. Jonsac lui jeta un regard haineux!

— Revenez! C'est assez...

Seul le Kalmouk, à bout de souffle, nageait pesamment vers la rive. Les hommes se regardèrent, gênés, inquiets.

Jonsac, les bousculant, fut le seul à sauter dans le caïque amarré à la terrasse et à ramer vers le large.

— Lelia! appelait-il. Lelia!...

Puis, comme s'il eût deviné les angoisses de la jeune fille, il continuait d'une voix méconnaissable :

— N'ayez pas peur!... C'est moi!... Je vous promets que je ne regarderai pas... Lelia!... Où êtes-vous?

Il ramait aussi vite qu'il pouvait vers un léger bruit qu'il percevait à un point imprécis du Bosphore. Malgré la fraîcheur du ciel pâlissant, il était en sueur.

— Lelia!... C'est Jonsac... Je vous donnerai mon veston.

Il croyait la voir, indécise au milieu de l'eau, regardant de ses prunelles affolées les silhouettes de tous ces hommes rassemblés sur la terrasse du yali pour la voir émerger nue.

Elle avait voulu les braver, montrer qu'elle n'avait pas peur, qu'elle était libre. Elle avait répondu à leur défi par un défi et l'eau fraîche l'avait rendue à la réalité.

— Lelia!... Où êtes-vous?...

Il la vit soudain, beaucoup plus près qu'il n'eût pensé. Elle nageait à peine. L'eau était assez limpide pour ne rien voiler d'elle mais, telle quelle, blême dans la soie noire du Bosphore, déformée par les remous liquides, elle n'inspira à Jonsac que de la colère et de la pitié.

De la colère contre tous! Et pas seulement à cause de Lelia! Peut-être même n'était-ce pas pour elle qu'il avait sauté dans le caïque?

Elles étaient deux femmes et, comme il ne pouvait sauver Nouchi, il sauvait l'autre!

— Accrochez-vous à la barque. Je vais vous passer mon veston...

Il le retira, se détourna, entendit des chocs contre l'embarcation, des soupirs arrachés par l'effort.

Quand il reprit sa place, Lelia était couchée à l'avant du caïque, repliée sur elle-même, mal

73

cachée par le veston sombre et, la tête dans les mains, elle sanglotait sans bruit.

— Pas là-bas !... Pas là-bas !... répétait-elle.

Une voix, celle d'Ousoun, cria de la rive :

— Vous l'avez ?

Jonsac ne répondit pas. Il ne savait que faire, se sentait gauche.

— Je ne veux pas retourner là-bas !... Il fallait me laisser mourir...

— Chut !... Calmez-vous...

— Si vous me ramenez près de ces sales hommes, je me tuerai !

— Vous ne pouvez pas rentrer chez vous sans vos vêtements.

— Cela m'est égal.

Son corps était secoué. Elle pleurait nerveusement, en proie à une crise, et en même temps elle se mordait le bras jusqu'au sang.

— Je ne veux pas que vous alliez là-bas !

Ils n'étaient qu'à dix mètres du yali éclairé et devant la baie les silhouettes se découpaient en ombres chinoises.

— Passez-moi ses vêtements, prononça Jonsac à voix haute.

Il y eut un silence, de l'hésitation. Puis Nouchi ordonna calmement :

— Faites ce qu'il vous dit !

Alors Lelia se tassa davantage dans la barque pour n'être pas vue de la terrasse. Stolberg se pencha, tendit un petit tas mou et soyeux.

74

— Ses souliers! fit encore Nouchi.

Il n'y avait plus de musique, plus de murmures, rien qu'un silence inquiet et honteux.

C'était toujours de Nouchi que Jonsac se vengeait en repoussant l'embarcation vers le large et en s'installant aux avirons.

— Maintenant, vous pouvez vous rhabiller. Je ne regarderai pas, je vous jure.

— Vous, ce n'est pas la même chose.

Ces mots ne le frappèrent même pas. Il n'y pensa qu'après. D'après les mouvements du caïque, il devinait que Lelia s'habillait avec des gestes fébriles, tirant sur sa robe, sur ses bas.

— Je n'ai pas mon sac, dit-elle enfin d'une voix de petite fille malheureuse.

— Je vous l'apporterai demain.

Et elle, sautant d'une idée à une autre :

— Pourquoi avez-vous fait ça?

— Qu'est-ce que j'ai fait?

— Le contraire des autres. Vous êtes venu me chercher.

Il s'était tourné vers elle et il la voyait qui essayait de peigner avec les doigts ses cheveux mouillés.

— Qu'est-ce que vous pensez de moi?

— De vous, rien. D'eux, des choses pas jolies.

Il eut une courte angoisse. Il n'avait jamais traversé le Bosphore seul et des courants s'emparaient de la barque comme pour l'emporter vers la mer

75

Noire. Pendant quelques minutes, il rama farouche-
ment, sans penser, les oreilles bourdonnantes.

— Est-ce que nous avançons ? questionna-t-il.

— Attendez... Il me semble... Non... Oui... Nous
commençons à avancer...

On devinait toujours les lumières du yali de Stolberg et Jonsac se disait que le Suédois ramènerait
Nouchi dans sa voiture. Il les imaginait tous les
deux dans l'ombre de l'auto. Il voyait leurs lèvres se
rapprocher.

— Vous êtes un drôle d'homme, soupira Lelia.

Peut-être avait-elle eu la même idée que lui. Et
elle se demandait pourquoi, au lieu de s'occuper de
sa maîtresse, il ramenait une jeune fille inconnue.

— Votre... votre amie devra rentrer seule...

Il ne répondit pas. Son cœur débordait de ran-
cœur.

— Où allez-vous ?

— Je ne sais pas...

Dans la nuit, il ne reconnaissait pas les différents
points de la rive et ils passèrent une demi-heure à
sonder l'obscurité du regard avant de trouver un
débarcadère. De son ivresse, Jonsac gardait une certaine gaucherie dans les gestes et surtout un batte-
ment continuel et douloureux des tempes.

Il leur fallait un taxi pour rentrer en ville. Ils
cherchèrent longtemps, dans des rues désertes et
mal éclairées. Le ciel était devenu d'un gris lumi-
neux et de minute en minute les visages sortaient
davantage de l'ombre où ils avaient vécu.

76

La robe humide de Lelia collait à son corps. Ses cheveux formaient une masse plus lourde que d'habitude et n'encadraient plus le front. Telle quelle, elle était moins jolie, mais plus grave, plus émouvante.

Jonsac s'aperçut seulement de la perte de son monocle quand il vit le regard de sa compagne fixé curieusement sur lui. Sans doute, comme elle, avait-il changé? La fatigue devait buriner ses traits, en souligner l'asymétrie, tandis que battaient ses paupières de myope.

— Je vais vous faire avoir une scène! dit-elle.

— Pourquoi?

— Nouchi ne sera pas contente.

Il détourna la tête. Ils étaient seuls dans un vieux taxi et le chauffeur, les prenant pour des amoureux, roulait lentement. Jonsac croyait sentir dans les paroles de sa compagne une légère provocation.

Le croyait-elle amoureux? Imaginait-elle qu'il avait agi par jalousie?

Par jalousie, oui, mais par jalousie contre tous les hommes, par révolte, par dégoût. Elle était tout près de lui. Il sentait son épaule contre la sienne. Il lui semblait même que cette épaule pesait sur lui avec complaisance.

— Vous me jugez sévèrement, n'est-ce pas?

Il dit non, sans conviction, pour dire quelque chose, mais il ne pensait même pas à la juger.

— Promettez-moi d'oublier ce qui s'est passé cette nuit!

Pour prononcer ces mots, elle lui avait serré le bras et il eut la certitude qu'à cet instant elle s'attendait à son étreinte.

— Je vous le promets.

Lelia n'eut plus qu'à se pencher pour baisser la glace et donner son adresse au chauffeur. Ils se quittèrent devant un immeuble neuf de Péra.

— Vous m'apporterez mon sac?

— Demain.

— Ce matin! rectifia-t-elle en souriant et en montrant le ciel qui se nacrait au-dessus des toits.

Le portier du *Péra Palace* fut étonné en voyant Jonsac rentrer seul.

— Madame n'est pas là?

— Elle n'est pas rentrée.

Il allait se mettre au lit quand il perçut le bruit de l'ascenseur s'arrêtant à l'étage, puis des pas précis, un heurt contre la porte.

C'était Nouchi, qui portait sa statuette d'ambre enveloppée dans un morceau de journal.

— Eh bien? questionna-t-elle en jetant son chapeau sur son lit.

— Quoi?

— La petite?

Il ne répondit pas et continua à se brosser les dents.

— Si après ça elle n'est pas amoureuse!...

— Tais-toi.

— On en parlera demain.

Pour la première fois, elle se dévêtit entièrement devant lui, sans coquetterie et sans pudeur.

— Stolberg est fou... remarqua-t-elle.

Et, comme il ne bronchait pas, elle précisa :

— Fou d'amour !... Qu'est-ce que tu crois que ça vaut, cette statue ?

Mais il s'était tourné vers le mur pour ne plus la voir ; il avait relevé la couverture sur ses oreilles pour ne plus l'entendre. Un quart d'heure durant, néanmoins, il lutta pour ne pas se relever et aller la rejoindre.

Il dormit mal ou plutôt, dans un demi-sommeil d'ivresse, il revécut, déformée, ignoble, la nuit qu'il venait de passer.

Il ne s'était pas aperçu que Nouchi avait pensé à apporter le sac à main de Lelia qu'elle avait posé sur la table à côté du sien.

V

— Quelle heure est-il? demanda-t-il machinalement, sans avoir repris conscience.

Aussitôt, il comprit l'étrangeté de la situation et il fronça les sourcils. Il était dans son lit, au *Péra Palace*. Il faisait jour depuis longtemps et les bruits de la ville avaient atteint leur pleine intensité. Nouchi était assise sur son lit et son visage souriait, tout proche du visage de Jonsac.

Ce qui était surprenant, ce n'était pas qu'elle fût là, mais l'abandon de sa pose, la sincérité du sourire, sa tendresse quasi maternelle. C'était aussi la confiance avec laquelle elle laissait son corps demi-nu si près de son compagnon. Les seins étaient découverts en entier par l'entrebâillement du peignoir d'où jaillissait, plus bas, un genou poli.

La première réaction de Jonsac fut de tendre la main pour saisir son monocle posé sur la table de nuit. Mais Nouchi arrêta son bras.

— Tu mettras ta dignité tout à l'heure, dit-elle cependant que son sourire s'accentuait.

Elle avait cette légèreté, cette humeur allègre qui vous imprègnent on ne sait pourquoi au matin des grandes fêtes, au point que Jonsac chercha un moment dans sa mémoire.

Mais non! Il n'y trouva que des souvenirs désagréables et sa maussaderie s'accrut du fait que Nouchi l'empêchait de se lever pour effacer les traces du sommeil.

— Tu as l'air d'un grand garçon boudeur! murmura-t-elle en baissant la tête pour le regarder sous un autre angle.

Elle s'amusait comme on s'amuse d'un animal chéri et soudain elle se pencha pour mordre Jonsac dans la joue.

— Fâché?

Oui, il était fâché, mais il ne savait par quel bout commencer ses reproches. Il aperçut la statuette d'ambre sur la table et eut envie de la lancer par la fenêtre. Nouchi, qui avait suivi son regard, eut le cynisme de triompher.

— Mon premier bénéfice! déclara-t-elle sans une ombre de gêne.

Et, comme il détournait la tête, elle devint plus câline encore.

— Tu es un grand nigaud! Si tu voyais ta tête... Et tu imagines des choses...

Il feignait de ne pas entendre mais son étonnement fut à son comble quand, d'un mouvement souple, Nouchi se glissa sous les draps et colla son corps contre le sien.

— Je parie que tu crois que, cette nuit, j'ai couché avec le grand navet...

Elle n'était pas dans son état habituel. Quelque
chose la surexcitait et Jonsac, qui n'était pas au dia-
pason, se sentait ridicule.

— Tous les hommes sont comme toi. Ils se
figurent que nous n'avons pas d'autres pensées...
Regarde-moi!... Avoue qu'en t'éveillant tu voulais
me faire une scène...

La statuette était toujours là pour rappeler les
détails de la nuit écœurante. Mais il y avait aussi le
corps tiède de Nouchi. Il y avait chez elle une affection nouvelle, un abandon confiant.

Son attitude n'était peut-être pas une attitude
d'amoureuse. C'était plus précieux, rare. Réveillée
de bonne humeur, elle s'étirait, se roulait sur le lit
de Jonsac comme, enfant, elle se fût roulée dans le
lit de sa sœur.

— Tu es malheureux, n'est-ce pas? Et tu penses
que je suis méchante, que je fais exprès de te laisser
souffrir. Veux-tu que je te confie un grand secret?

Du coup, son nez se plissait, ses prunelles se rapprochaient en une expression qu'il n'avait jamais
vue qu'à elle, et elle rapprochait son visage du sien,
elle collait sa bouche à son oreille, elle balbutiait
quelques syllabes, puis elle éclatait d'un grand rire.

— Non!... fit-il en la regardant avec stupeur.

— Oui! C'est comme cela et ce sera toujours
comme cela!

— Tu m'as dit toi-même...

— Qu'est-ce que je t'ai dit?

— ... Le Ghazi, à Ankara...

— Il m'a fait la cour, c'est tout!

Elle riait toujours, d'un rire déjà moins enfantin.

— Te voilà tout ému, remarqua-t-elle. Les hommes sont toujours émus quand on leur dit ça! Et pourtant...

La mauvaise humeur de Jonsac s'était dissipée et il ne pensait plus à appeler le monocle à son secours. Il ignorait l'heure, la date. Du soleil pénétrait dans la chambre et faisait pétiller l'édredon de soie jaune.

— Tu ne peux pas comprendre, disait Nouchi mélancolique. Il y a des sentiments que les hommes ne comprennent jamais...

D'un bond, elle fut hors du lit, son peignoir bleu flottant derrière elle. Elle fouilla dans une valise, revint l'instant d'après avec une photographie très grise, au dos jauni, aux coins cassés. C'est presque avec défi qu'elle prononça:

— Regarde!

La photo représentait la façade d'un immeuble à loyers de la banlieue de Vienne. Le rez-de-chaussée était occupé par des boutiques et l'une d'elles était une boutique de cordonnier. La famille endimanchée se tenait sur le seuil, le père qui avait de grosses moustaches à la Bismarck, la mère, en tablier quadrillé, deux fillettes enfin, l'une de quatorze ans, l'autre de sept.

— La plus petite, c'est moi! annonça Nouchi.

Tout à l'heure, la mélancolie avait succédé à la gaieté. Une rage sourde succédait maintenant à la mélancolie.

— Comprends-tu maintenant qu'on haïsse la pauvreté? C'est ce qu'il y a de plus sale, de plus odieux au monde!... Quand tu vois cette photo, qui a été prise un dimanche matin par un locataire, tu ne soupçonnes rien. Moi, je me souviens... C'était au plus mauvais moment de l'après-guerre... Pendant des jours et des jours on ne mangeait que des betteraves... Le travail de mon père consistait à mettre des semelles de bois aux chaussures des gens riches...

Elle reprit vivement la photographie des mains de Jonsac et la jeta sur la table, près de la statuette d'ambre. Avec la même vivacité elle croisa son peignoir sur sa poitrine, s'assit au bord du lit, le nez froncé, la paupière gonflée par une larme.

— C'est de cette sœur-là que je t'ai parlé... Celle qui, maintenant, doit être en Syrie... Ma mère la suit et sert de domestique aux danseuses... Mon père est mort... Il est tombé roide dans la rue, un jour de dégel, et on l'a ramené boueux à la maison...

Elle regarda son compagnon dans les yeux, questionna, agressive :

— Tu n'as jamais été pauvre, toi?

Il n'osa pas dire qu'il l'avait été. Elle ne voulait pas qu'on eût été pauvre comme elle!

— Maintenant, je vais te raconter encore une histoire!... On avait faim... Ma sœur avait quatorze

85

ans... C'était l'hiver et il faisait sombre dès trois heures de l'après-midi... Nous revenions de l'école ensemble et parfois des hommes accostaient ma sœur... Je revois très bien une palissade, avec des affiches coloriées, et, derrière, un terrain vague... Moi, j'attendais!... Quelquefois je regardais entre les planches... Quand ma sœur revenait, elle me donnait un morceau de chocolat ou un petit pain...

De loin, elle jeta un coup d'œil à la photographie.

— Tu as vu la tête de mon père... Eh bien! maintenant que je réfléchis, je suis presque sûre qu'il soupçonnait la vérité... Mais qu'est-ce qu'il pouvait faire?... Des enfants mouraient dans la maison et dans tout le quartier... Avec quelques tablettes de chocolat, on pouvait vivre...

C'était fini. Elle secouait la tête, chassait ces souvenirs et jusqu'à leurs relents.

— Qu'est-ce qu'elle a dit, ta Lelia, cette nuit? lança-t-elle en changeant de sujet.

— L'eau froide l'a dégrisée.

— Tiens donc! Et elle a pleuré. Elle a maudit les hommes qui...

— Ils se sont conduits comme des saligauds.

— Tu es amoureux?

— Non.

— Celle-là t'accordera tout ce que tu voudras... Tu comprends la différence?... Elle est riche... Elle n'a jamais eu faim... Pour elle, l'amour... Elle ne pense qu'à ça... Elle en rêve... Elle passe son temps à frôler le danger puis, au dernier moment, elle est prise de panique...

La voix de Nouchi était protectrice et méprisante.

— Elle ne sait pas que c'est une marchandise qu'on troque contre du chocolat ou...

Elle faillit se retourner vers la statuette, mais elle s'arrêta à moitié de son geste.

— Alors, Bernard? soupira-t-elle.

Et on comprenait qu'elle voulait dire :

— Qu'est-ce que tu penses de tout ça, toi? Qu'est-ce que tu vas faire? Comptes-tu toujours m'épouser et vivre à côté de moi comme un frère avec sa sœur?

Il ne répondit pas parce qu'il n'avait rien à répondre. Il était troublé. Il aurait voulu serrer Nouchi dans ses bras, mais il était déjà trop tard. Elle avait son visage tiré qui révélait qu'elle ne se préoccupait plus que des choses sérieuses.

Elle se leva, repoussa le sac à main de Lelia.

— Tout à l'heure, tu le lui porteras gentiment... Elle va être amoureuse de toi...

— Mais non!

— Mais si! Elle n'a rien à faire d'autre que d'être amoureuse. Il paraît qu'elle est très riche. Tu ne regrettes rien?

— Nouchi!

— Il n'y a pas de Nouchi qui tienne... Ce matin, avant de t'éveiller, j'ai inspecté ta garde-robe... Je m'en doutais déjà quand je t'ai vu à Ankara pour la première fois!... Tu étais très élégant, très propre, d'une propreté minutieuse, sans un faux pli à tes vêtements... Mais il y a une façon de s'habiller qui ne trompe pas... J'ai compris que tu n'avais que ce complet-là... Il te reste trois chemises et une paire de chaussures sur deux doit prendre l'eau...

Elle s'amusa de son embarras.

— Avec moi, tu n'as pas besoin de te gêner. Je ne t'ai pas cru non plus quand tu m'as laissé entendre que tu étais un aventurier...

Tout en parlant, elle mettait de l'ordre dans la chambre, ramassait et rangeait ses vêtements de la veille.

— Si tu voulais, tu pourrais épouser Lelia... Elle s'ennuie... Ses parents doivent être vieux et elle n'a pas d'amis... La preuve, c'est qu'elle est arrivée chez Stolberg tout émoustillée...

— Ne parle plus de ça.

— Comme tu voudras. Mais tu as tort. Je ne t'en voudrais pas de devenir son amant ou même de l'épouser.

Jonsac s'était enfin levé et avait passé une robe de chambre sur son pyjama. C'était une robe en soie, mais usée, comme tout ce qu'il possédait. Nouchi devait encore avoir quelque chose à dire, car elle observait son compagnon comme pour s'assurer que c'était le moment.

— Tu te souviens des maisons que je t'ai montrées près des jardins de Taxim?

Il eut la sensation qu'il venait d'être le jouet

d'une manœuvre habile, de toute une comédie destinée à l'amener là, mais il repoussa cette idée.

— J'écoute ! dit-il.

— Je dois visiter un appartement cet après-midi.

Il fronça les sourcils et il avait à nouveau son visage d'homme distingué, un peu hautain. Dans l'orbite gauche, le monocle brillait.

— Ne fais pas cette tête-là, ou alors je ne te dirai plus rien. Un Suédois, qui est attaché à l'ambassade de son pays, habite là depuis un an. Il vient d'être rappelé d'urgence en Suède où sa fille est gravement malade. Il ne reviendra pas avant des mois et peut-être ne reviendra-t-il jamais, car il est lui-même tuberculeux. Stolberg le connaît intimement. Il va lui parler, proposer que nous gardions son appartement pendant son absence...

Elle éclata de rire.

— Regarde-toi dans la glace ! On dirait que tu es encore jaloux !

Et, venant se blottir contre lui, elle chuchota :

— Tu n'as pas encore compris ? Souviens-toi bien de ce que je t'ai dit et surtout de l'histoire de ma sœur. Jamais, tu m'entends, jamais je ne serai à un homme, pas même à toi !

Elle l'embrassa sur les joues, puis sur la bouche.

— Laisse-moi faire... Occupe-toi de Lelia, qui doit attendre ta visite et son sac avec impatience... Cela peut devenir utile... Tes amis, le premier jour, ne m'intéressaient pas... N'empêche qu'ils nous ont menés à Stolberg, que Stolberg nous vaut un appartement et nous fera connaître des personnes plus utiles...

— Que s'est-il passé, cette nuit, après mon départ ?

— Rien. Ils étaient affolés. Le Kalmouk, qui a avalé d'un trait le contenu d'une bouteille de Cointreau pour se réchauffer, est devenu furieux, sans raison, et a voulu tout casser. On a levé la séance au plus vite...

Elle devina l'état d'esprit de son compagnon et se hâta de dire :

— Surtout, ne leur parle de rien. Ce n'est pas la peine de te brouiller avec eux pour cela...

Jonsac avait préparé son rasoir et commençait sa toilette quand la sonnerie du téléphone retentit. Ce fut Nouchi qui décrocha.

— C'est pour toi, dit-elle en lui tendant l'appareil.

Il entendit une voix qu'il ne connaissait pas, une voix trouble, anxieuse, impatiente.

— C'est M. de Jonsac qui est à l'appareil ? Ici, M. Pastore...

Ce nom ne frappa pas Jonsac tout de suite.

— Oui. Eh bien ?

— ... M. Pastore, le père de Lelia... Voulez-vous venir immédiatement à la maison ?... Non ? Je ne puis rien vous dire par téléphone...

D'un geste naturel, Nouchi avait pris le second écouteur.

— ... Je vous assure que c'est urgent... Écoutez...

90

Lelia a tenté de s'empoisonner... Elle a laissé une lettre pour vous...

Jonsac promit, raccrocha, aperçut tout près de lui le visage souriant de Nouchi.

— Qu'est-ce que je t'avais dit? triomphait-elle.

— Je ne comprends pas.

— Elle est amoureuse et, comme elle a honte de ce qui s'est passé hier, elle veut reprendre son prestige...

Il s'habilla sans mot dire tandis que Nouchi s'habillait de son côté.

— Tu ne m'embrasses pas? murmura-t-elle comme il allait partir.

À sa propre surprise, il la prit dans ses bras et la serra à l'étouffer. Il avait les larmes aux yeux, mais il n'aurait pas pu dire exactement si c'était à cause de Nouchi ou à cause de Lelia.

— Si tu ne me trouves pas en rentrant, c'est que je serai occupée à visiter l'appartement...

Il faisait chaud dans les rues. Des maisons exhalaient une odeur à la fois sucrée et épicée qui est l'odeur de toute la Turquie.

Jonsac prit un ascenseur qui s'arrêta au troisième étage d'un des plus beaux immeubles de Péra et la porte s'ouvrit avant même qu'il eût frappé. Une domestique en bonnet et en tablier blancs lui fit signe de la suivre. Elle avait les yeux rougis, un mouchoir roulé en boule dans la main.

L'appartement était vaste, admirablement éclairé

91

et aéré. Dès l'antichambre, on avait une sensation réconfortante de luxe et de propreté.

Plusieurs pièces aux portes vitrées donnaient sur un large couloir qui servait de hall et d'une de ces pièces parvenait un murmure de voix.

— Si vous voulez attendre un instant...

Il était dans le salon où trônait un énorme piano à queue. La pièce s'ouvrait sur un balcon presque aussi vaste qui dominait le panorama de la Corne d'Or. Jonsac eut l'impression qu'il entendait pleurer derrière une porte. On sonna et il vit passer dans le hall une infirmière en uniforme qui venait sans doute d'être appelée par téléphone.

Enfin deux hommes se dirigèrent vers le palier. L'un était grand et tenait son chapeau à la main. Jonsac le connaissait, car c'était le seul médecin français de Constantinople. Il aperçut le drogman, fit deux pas dans le salon pour lui serrer la main, non sans lui lancer un regard étonné comme s'il se fût demandé pourquoi il se trouvait là.

L'autre personnage, en veston d'intérieur, était un petit homme à cheveux gris et à barbiche qui, le docteur une fois parti, pénétra précipitamment dans le salon.

— Monsieur de Jonsac?

Celui-ci s'inclina.

— Je suis le père de Lelia... Ce matin, sachant qu'elle s'était couchée tard, j'avais donné l'ordre de ne pas la réveiller... Néanmoins, vers une heure, la femme de chambre s'est approchée du lit et s'est aperçue que ma fille gémissait... Sur la table de nuit, il y avait deux lettres, une pour vous, l'autre pour sa mère...

M. Pastore parlait vite, comme s'il eût craint de perdre le fil de ses idées.

— Dans la lettre à sa mère, je n'ai pas de raison de vous la cacher, elle dit simplement : « *Pardon, maman, mais la vie ne vaut vraiment pas d'être vécue.* »

Les yeux de M. Pastore s'étaient embués. Il n'y avait pas un mot pour lui dans la lettre ! Il ne comptait pas !

— Voulez-vous lire la vôtre ?

L'air, autour d'eux, était calme. Sur les murs, dans leurs cadres dorés, s'alignaient des paysages signés de peintres connus. On pleurait toujours quelque part, derrière une porte, quand Jonsac déchira nerveusement une enveloppe.

Alors il lut, tandis que le regard du père restait fixé sur lui :

« *Monsieur,*

« *Quand vous recevrez cette lettre, je serai morte. Ne croyez pas que je sois romantique. J'ai assez vécu pour savoir ce qu'on peut attendre de l'existence et la dernière nuit m'a décidée. Dites à vos amis que je ne leur en veux pas. Ils ne pouvaient pas savoir.*

« *Pensez parfois à moi et soyez heureux avec votre si gentille et si extraordinaire Nouchi.*

                                        « *Lelia.* »

— Elle n'explique rien? questionna M. Pastore.

— Rien! Pas davantage, du moins, que dans la lettre de sa mère. Elle est vraiment...?

Il n'osait pas dire morte. Il avait chaud et se sentait les jambes si molles qu'il s'assit sans y être invité.

— On la sauvera... Le docteur affirme que ce sera l'affaire de quelques jours...

C'était une situation délicate que celle des deux hommes. M. Pastore ne sortait guère, ne voyait personne, cela se sentait à sa timidité. Il ne savait rien de la nuit que sa fille avait vécue et on eût dit qu'il avait peur de poser des questions à ce sujet. Il risqua pourtant, tourné vers le piano :

— Il y a longtemps que vous connaissez Lelia?

Et Jonsac n'osa pas lui dire qu'il n'y avait que trois jours. En même temps, il avait rougi, car il réalisait soudain qu'on devait le soupçonner d'être amoureux de la jeune fille, d'être son amant peut-être, en tout cas d'être pour quelque chose dans son désespoir.

Du coup, il devenait aussi gauche que M. Pastore. L'un comme l'autre, ils avaient peur des mots qu'ils pourraient dire et ils n'osaient pas se regarder.

— Il paraît qu'elle va revenir à elle, soupira enfin le père. Elle a avalé une forte dose de véronal, mais on est parvenu à la faire vomir...

On avait dû lui interdire l'accès de la chambre à coucher, car il regardait sans cesse du même côté, timidement, comme s'il eût attendu la permission d'entrer enfin.

— Je peux vous offrir quelque chose?

Il prononçait ces mots machinalement, pour rompre le silence, et il prit une bouteille de porto et des verres dans une cave à liqueur.

— C'est d'autant plus inattendu que Lelia a toujours été très gaie... Quant aux distractions, elle fait chaque année un séjour en France ou en Suisse... L'an dernier, elle a passé ses vacances à Aix-les-Bains, chez des amis... L'hiver, elle est retournée à Paris où elle a suivi au Louvre des cours d'histoire de l'art...

Il parlait, parlait, pour lui-même, par peur du silence qui menaçait de se figer entre eux.

— Nous la laissons entièrement libre et elle sait que nous ne demandons qu'à recevoir ses amis...

De temps en temps, il lançait un regard furtif à Jonsac et cet examen semblait le satisfaire.

— Elle n'a que vingt-trois ans... Buvez, je vous en prie... Moi, je n'ai pas encore déjeuné.

Il tressaillit, se leva soudain. Une porte s'était ouverte. Une femme paraissait dans l'encadrement, une femme courte et assez grasse, dont les cheveux presque blancs étaient en désordre. Elle semblait adresser à son mari un signe convenu.

— M. de Jonsac... dit celui-ci avec embarras.

Et la femme, qui avait les paupières gonflées, hésita, esquissa un petit salut.

— Vous permettez? balbutia encore M. Pastore.

Le couple disparut et dut pénétrer dans la chambre de la jeune fille. Dix minutes s'écoulèrent. Jonsac était aussi mal à l'aise que dans la salle d'attente d'un médecin. Enfin ce fut la domestique qui vint dire :

— Si Monsieur veut me suivre...

Elle marchait à pas feutrés et il fit comme elle. Quand elle poussa une porte, il découvrit une chambre à coucher peinte en gris perle, un lit couvert d'un édredon bleu et, sur l'oreiller, le visage de Lelia.

Elle avait certes les yeux fatigués, mais on n'eût pu deviner qu'elle venait d'échapper à la mort. Ses cheveux fauves, en lourdes tresses, descendaient des deux côtés du visage. Sa mère se tenait à sa droite, méfiante, inhospitalière, tandis que M. Pastore prenait place au côté gauche du lit.

— C'est gentil d'être venu... murmura Lelia.

Il ne trouvait rien à dire. Elle non plus. Mme Pastore, par contenance, arrangeait l'oreiller.

— Ne me regardez pas... Si vous saviez comme j'ai honte!...

Et soudain :

— Nouchi va bien?

— Très bien, balbutia-t-il.

— Ma fille est très fatiguée, remarqua la mère.

— Je m'en vais... Je...

— Vous reviendrez me voir quand je ne serai plus aussi laide ?

— Je vous le promets.

Du moins est-ce à peu près ainsi que les choses se passèrent. Jonsac n'osait pas trop regarder autour de lui. Il dut, en sortant, serrer la main de M. Pastore qui referma la porte. Puis il descendit l'escalier très vite, sans se servir de l'ascenseur, et il allait s'élancer vers le *Péra Palace* quand il entendit une voix qui criait :

— Bernard !

D'abord il ne vit rien, puis il remarqua une main de femme qui s'agitait à la portière d'une voiture arrêtée devant la maison.

— Viens vite !... Alors ?...

— Elle est sauvée.

Jonsac distingua la silhouette de Stolberg au fond de l'auto.

— Monte !... Nous venons de l'appartement. C'est arrangé... Il faut que tu viennes le voir... Le locataire part déjà ce soir...

Tandis qu'il s'asseyait sur le strapontin, la main de Nouchi trouva la sienne et serra violemment ses doigts.

— Qu'est-ce que je t'avais dit ? murmura-t-elle du bout des lèvres.

Pendant le reste du chemin, il se demanda si ces mots se rapportaient à Lelia ou à l'appartement. Sur la banquette, Stolberg avait un air grognon.

VI

À quinze jours de là, un dimanche, ce fut, à l'improviste, la journée de Thérapia.

Rien que ce mot, en Turquie, a autant de saveur qu'un beau fruit. Thérapia, c'est la vie nonchalante de l'été, c'est le Bosphore, c'est le luxe, c'est surtout le souvenir des fastes d'autrefois.

À quelques kilomètres de Stamboul, peu avant que le Bosphore rejoigne la mer Noire, de grands yalis s'étalent à flanc de colline, au bord de l'eau, dans la verdure.

Ce ne sont que de vastes constructions de bois, mais les drapeaux indiquent que les unes sont des ambassades, que d'autres appartiennent à de hauts personnages turcs ou étrangers.

Dans les baies, des canots automobiles brillent de tous leurs cuivres et des voiliers mirent dans l'eau leur fin gréement.

— ... Déjeuner à Thérapia... avait dit Stolberg au téléphone.

Et Nouchi, qui était couchée, accepta sans même

consulter Jonsac. On était en juillet. Le soleil était lourd et la ville, vue des fenêtres, semblait écrasée par une buée bleuâtre.

— On vient nous chercher dans une heure, annonça Nouchi en posant ses pieds nus sur le tapis.

Ils avaient maintenant des lits jumeaux, des lits de laque grise, comme tous les meubles de la chambre. Les oreillers étaient garnis de larges dentelles et, sur la coiffeuse, s'alignaient des flacons de cristal taillé.

C'était l'appartement du diplomate suédois, c'étaient ses meubles et, pour une certaine part, c'étaient ses objets personnels.

— Tu ne te lèves pas?

Il y a des jours qui commencent bien, sans raison, et d'autres qui commencent mal. Celui-ci commençait bien. Maria était de bonne humeur et montrait, en servant le café, des dents éblouissantes.

Maria était la négresse que Nouchi avait découverte et qui servait de bonne à tout faire. Quand elle était gaie, son sourire suffisait à éclairer l'appartement et, des heures durant, on l'entendait chanter et rire toute seule dans la cuisine, ou encore se raconter des histoires interminables.

— Mets ton complet de flanelle blanche, conseilla Nouchi en entrant dans la baignoire.

Une heure après, ils étaient prêts tous les deux, elle en blanc aussi, avec une simple écharpe verte autour du cou. Du balcon, ils virent arriver une grosse auto découverte qu'ils ne connaissaient pas et Stolberg, en familier, leva la tête et agita la main.

Un glissement de l'ascenseur... Le trottoir chaud... Stolberg baisait la main de Nouchi, l'entraînait vers deux autres personnages...

— Je vous présente de bons amis turcs... Amar pacha, député, qui sera ministre un de ces jours... Katach bey, qui vous invitera tout à l'heure à visiter son yacht...

L'auto, conduite par un chauffeur en livrée claire, appartenait à l'un d'eux. Les Turcs, sur la banquette du fond, encadrèrent la jeune femme tandis que Jonsac s'installait sur le strapontin et que Stolberg prenait place à côté du chauffeur.

La route, comme tous les dimanches, était encombrée d'autocars qui charriaient la foule vers les guinguettes au bord de l'eau. On dépassait aussi des voitures de toutes sortes, traînées par des chevaux ou par des mulets, qui emportaient des familles entières.

Déjà des gens mangeaient sur le talus du chemin, à l'ombre des mûriers.

Le nez de Nouchi se plissait de plaisir. Elle avait les lèvres humides et parfois, tandis que ses compagnons lui adressaient des galanteries, elle avait pour Jonsac un regard affectueux, presque complice. Elle semblait dire :

— Tu vois! N'est-ce pas la vraie vie? Nous sommes dans une auto puissante, avec un chauffeur, tandis que tant de gens suent dans les autobus ou poussent leur vélo sur le bas-côté du chemin...

Le député était un homme gras, très soigné, au linge de soie, au mouchoir parfumé, aux cheveux et aux yeux noirs, qui réalisait le type du pacha tel qu'on le représentait jadis sur les boîtes de cigarettes. Il parlait d'une voix fluide, avec un accent qui amollissait les syllabes, tandis que son compagnon, qui possédait mal le français, se contentait de sourire.

Il y avait déjà quelques voitures devant le grand hôtel de Thérapia et, sur la terrasse, une table était dressée pour une quinzaine de convives.

— Notre table! annonça Stolberg. Quelques amis nous rejoindront tout à l'heure. Vous êtes contente, petite Nouchi?

Il n'était pas seul à l'appeler ainsi. Mufti bey, lui aussi, avait droit aux mêmes familiarités et, quelques jours plus tôt, alors que les deux hommes et Jonsac discutaient, Nouchi avait dit:

— Messieurs mes maris, mettez-vous d'accord!

Depuis lors, on disait plaisamment:

— Les trois maris de la Hongroise...

Elle riait. Maintenant encore, elle lançait parfois un clair coup d'œil à Jonsac et ce coup d'œil, pour eux deux, était plein de sens.

Depuis trois jours, ils étaient mariés et personne ne s'en doutait. Ils étaient partis un matin vers Scutari, de l'autre côté du Bosphore, où un prêtre

102

catholique les avait unis, ce qui suffisait aux autorités turques.

Le jour même, Jonsac avait remis le certificat au chef de police des étrangers, qui lui avait offert le café et la cigarette traditionnelle.

— Je vous souhaite beaucoup de bonheur, avait-il dit sans sourire.

Et il avait envoyé des fleurs à la jeune femme.

— Ils ne savent pas! semblait dire Nouchi. Regarde autour de nous comme le monde est merveilleux!

Les passants regardaient le groupe avec envie. On but d'abord quelques apéritifs, puis Katach bey proposa une promenade en hors-bord.

Il en avait un qui attendait à quai, gardé par un matelot en vareuse brodée. Le yacht blanc, long d'une douzaine de mètres, qui se balançait à quelques mètres du rivage, était à lui aussi.

Ousoun et Mufti bey arrivèrent en taxi, puis d'autres personnes que Nouchi ne connaissait pas et à qui elle ne prit pas garde. Elle était le centre de la réunion et cela seul importait. Elle se sentait belle et désirée. Elle réalisait en somme le maximum de bonheur qu'elle pût imaginer.

Le député lui faisait une cour pressante, sans s'inquiéter de Jonsac, et peut-être l'avait-on prévenu que celui-ci ne comptait pas?

La promenade en hors-bord, avec Katach bey, fut, en beaucoup plus capiteux, ce qu'était jadis pour Nouchi, petite fille, une folle partie de balançoire sur le champ de foire. Ses cheveux frémissaient sur sa nuque et son écharpe verte flottait au vent. La robe haut levée, elle montrait ses jambes minces, ses genoux étroits que son compagnon ne quittait pas des yeux.

On filait très vite, avec l'impression de déchirer de la soie. Et dès qu'on eut contourné un petit cap, le décor changea, devint moins raffiné, moins aristocratique, mais plus vivant. Des guinguettes étaient installées au bord de l'eau, ou sur pilotis dans l'eau même. On apercevait des musiciens en costumes bariolés, des couples qui dansaient, d'autres qui poussaient lentement des canots de location, enfin des nageurs et des nageuses, un grouillement compact, une orgie de mouvements et de soleil.

— Passons tout près... dit-elle.

Elle savait que tous les yeux étaient fixés sur le hors-bord luxueux et rapide, sur sa silhouette blanche, sur son écharpe tendue dans le vent comme une oriflamme.

C'était une jouissance de plus. Là-bas, c'était la foule, c'était le peuple qu'elle frôlait ainsi avec un sourire gavé et condescendant. Elle aurait voulu que Jonsac fût là, pour lui crier : « Regarde-les !... Ils sont venus en autobus, serrés les uns contre les autres... S'ils ont soif, ils hésitent à se payer une limonade de plus... Et tout à l'heure, harassés, ils attendront peut-être une demi-heure au bord de la route, les jambes molles, la bouche pâteuse, la tête vide, un autobus qui les ramènera à Stamboul. »

— Retournons! décréta-t-elle à haute voix.

Elle était presque prise de panique. Elle ne voulait pas recommencer cette vie-là. Encore était-ce beaucoup mieux que ce qu'elle avait connu...

— Nous allions vite? demanda-t-elle.

— Vingt-cinq kilomètres à l'heure.

On les attendait pour se mettre à table et elle trouva le moyen de serrer subrepticement les doigts de Jonsac, d'un geste qui lui était devenu familier. C'était un signe de ralliement. On allait, comme toujours, les installer loin l'un de l'autre. Jonsac était assis à côté d'un Turc qu'il ne connaissait pas et qui lui dit :

— Si vous connaissiez nos anciens poètes, vous comprendriez que les Turcs d'aujourd'hui...

Alors Jonsac cita tous les vieux poètes turcs, d'un air blasé, et il eut un mélancolique sourire quand son voisin s'extasia :

— Comment est-il possible qu'un étranger connaisse...?

Évidemment! Il était vêtu de flanelle blanche et il portait monocle, cravate vive. À un Allemand aussi, il eût pu citer les poètes de son pays et raconter à un Hongrois les vieux contes magyars.

— Vous êtes professeur? lui demanda son compagnon.

— Non... J'ai un peu étudié...

En face de lui, à l'autre bout de la table, Nouchi irradiait la joie de vivre et ses traits irréguliers atteignaient à la beauté.

Mufti bey, lui aussi, était à côté d'un convive que Jonsac ne connaissait pas. Il vit celui-ci se pencher, questionner son compagnon en le désignant du regard. Il disait certainement :

— Qui est ce monsieur à monocle ?

Et le regard de Mufti alla de Jonsac à Nouchi tandis qu'un mince sourire éclairait son visage. Que répondait-il ? Jonsac avait rougi et pendant quelques instants il mangea sans savoir ce qu'il faisait.

Lorsqu'on se leva de table et qu'on se dirigea vers le yacht, à bord duquel on devait faire une promenade, Nouchi appela Jonsac, d'une voix sérieuse qui contrastait avec son entrain précédent.

— Viens un moment avec nous, dit-elle.

Il y avait un salon, au rez-de-chaussée, près du hall, et elle y entraîna le député en même temps que Jonsac.

— Amar pacha vient de me dire une chose très intéressante.

Celui-ci approuva d'un gras sourire.

— On veut agrandir le terrain de courses d'Ankara, ou plus exactement construire un stade moderne pour tous les sports... Les Italiens et les Allemands se sont déjà mis sur les rangs pour soumissionner... Amar pacha a beaucoup à dire et, si tu parvenais à constituer un groupe français...

Elle avait les prunelles rapprochées et fixait intensément Jonsac.

— C'est une affaire de cinquante millions à peu près... N'est-ce pas, Amar ?...

Celui-ci approuvait toujours.

— Tu iras le voir demain à son bureau, car il veut bien te donner tous les tuyaux...

On les cherchait. Mufti bey passa la tête par l'entrebâillement de la porte.

— Maintenant, en route! s'écria Nouchi en retrouvant sa gaieté et son insouciance.

Il n'y avait qu'un souffle de brise qui suffisait néanmoins à gonfler la voile et à pousser lentement le yacht sur l'eau plate du Bosphore. Comme dans le yali de Stolberg, on mit un phono en marche, avec les mêmes tangos, les mêmes *blues*, les mêmes chants tziganes que Nouchi accompagnait parfois d'une voix aiguë.

Comme chez Stolberg aussi, il y avait à boire, beaucoup trop, et l'on buvait trop.

Le yacht attirait toutes les embarcations de location, tous les caïques qui se rapprochaient autant que possible pour voir les riches s'amuser.

— Il me semble que notre épouse nous délaisse, plaisanta Mufti bey en désignant Nouchi installée entre les deux Turcs à l'avant du bateau.

Il ajouta avec sincérité :

— Comment avez-vous mis la main sur une femme pareille? Dans un mois, tout Stamboul est amoureux d'elle...

Qu'est-ce que Jonsac pouvait répondre?

— Vous savez qu'Amar pacha est un des hommes les plus influents de Turquie... En réalité, c'est un grand politique...

Parfois on entendait le rire de Nouchi, ou ses éclats de voix. Les deux matelots, qui portaient le nom du yacht en lettres d'argent sur leur poitrine, servaient sans cesse à boire. Katach bey, en montant à bord, s'était coiffé d'une casquette blanche et Nouchi la lui avait prise.

— Bernard! cria-t-elle de loin. Il nous faudra un bateau aussi.

Et Jonsac entendit le propriétaire qui répondit doucement :

— Vous jouirez de celui-ci aussi souvent que vous voudrez. Je donnerai l'ordre à mes matelots de se tenir à votre disposition...

— Tu vois, Bernard?

Stolberg était moins gai et regrettait peut-être d'avoir présenté Nouchi à des personnages plus prestigieux que lui. Ce fut lui qui, le premier, proposa de rentrer.

— La soirée sera fraîche, affirma-t-il.

Mais Nouchi ne l'entendait pas ainsi.

— Le yacht ne peut-il nous reconduire à Stamboul?

— Si vous le désirez. Il vous suffit de commander...

— Mais l'auto?

— Le chauffeur la ramènera.

C'était vivre, cela! Et elle vivait! Elle aspirait par tous les pores la douceur de l'air, le soleil, la voluptueuse moiteur du Bosphore. Elle était belle de toutes les beautés dont elle se gavait et Jonsac, sans savoir pourquoi, avait envie de pleurer.

Comme le crépuscule s'annonçait par l'incendie du ciel, Mufti bey récita des poèmes, pour lui seul, errant sur le pont, et Jonsac, qui n'entendait même plus le phonographe, laissait son regard vaguer sur l'eau et sur la rive.

Les ambassades défilèrent les unes après les autres puis, aux grands yalis, succédèrent des villas plus bourgeoises, appartenant pour la plupart aux gros marchands de Péra.

Par-ci, par-là, une barque passait, un canoë, une périssoire. Ce n'était plus le faste de Thérapia, ni la vie intense des guinguettes. Les maisons étaient des maisons à toits rouges et à volets verts, aux jardins fleuris de roses où prenaient le frais de vieilles dames et des messieurs vêtus de coutil crème.

— Bernard!

C'était une habitude de Nouchi de l'appeler ainsi à tout moment pour lui montrer quelque chose.

— Regarde le canot jaune...

Non loin d'une maison blanche, un canot avançait doucement; une jeune fille, seule dans l'embarcation, poussait les avirons sans conviction et sans but. Elle était à une centaine de mètres mais Nouchi s'empara de la barre et fit décrire une courbe au voilier afin de le rapprocher.

Avant les autres, elle avait reconnu Lelia. Maintenant, chacun la voyait, alors que la jeune fille n'avait pas encore remarqué les occupants du voi-

109

lier. Ce fut soudain, alors que le yacht était très près, que Lelia leva la tête, vit Nouchi d'abord, puis Jonsac.

— Vous venez avec nous ? cria Nouchi en agitant son écharpe.

Lelia fit signe que non et resta immobile dans la barque jaune tandis que Jonsac détournait la tête. Il n'aurait pu dire ce qu'il ressentait. Il était triste, d'une tristesse crépusculaire. Un brouillard l'envahissait comme il envahissait le ciel où s'estompaient les minarets.

Là-bas, la maison blanche, c'était la maison des Pastore et malgré la distance Jonsac devinait, sur les chaises vertes du jardin, devant une table où il y avait un nécessaire de couture, la vieille dame un peu courte et grosse, le père à cheveux gris et à barbiche.

— Elle a fait semblant de s'empoisonner pour se rendre intéressante ! avait affirmé Nouchi. C'était un moyen de créer un lien plus intime entre elle et toi.

Il l'avait revue. C'était Nouchi elle-même qui l'avait poussé à aller prendre des nouvelles de Lelia.

Ses parents avaient offert à Jonsac du thé et des gâteaux et n'avaient cessé de l'observer avec une curiosité où entrait autant de sympathie que de méfiance.

Pour eux, c'était un homme, un étranger qui allait peut-être leur prendre leur fille. Ils ne soupçonnaient même pas l'existence de Nouchi. Ils gardaient une attitude prudente, ou alternaient les encouragements et la réserve.

— M. de Jonsac est attaché à l'ambassade, leur avait dit Lelia.

Elle n'avait pas ajouté que c'était en qualité de drogman et ils lui avaient certainement demandé si son nom s'écrivait en un mot ou en deux.

— Tu dois continuer à les fréquenter, commandait Nouchi. On ne sait jamais...

On ne sait jamais quoi? Jonsac commençait à la croire quand elle prétendait que Lelia était amoureuse. La preuve, c'est qu'elle était jalouse. Quand ils étaient seuls, elle ne manquait pas de dire :

— Que devient votre adorable Nouchi?

Ou bien :

— Nouchi ne trouve pas étrange que vous veniez me voir?

Que savait-elle d'eux? Qu'ils vivaient ensemble, évidemment. Elle les prenait pour amant et maîtresse.

— Il y a longtemps que vous la connaissez?

— Pas très longtemps...

— Vous savez que j'ai beaucoup d'affection pour elle?

Pauvre Lelia! Il n'osait pas regarder en arrière, vers la barque qui restait immobile sur le Bosphore, dans le soir bleuté, tandis que le yacht s'inclinait sous la brise du soir et cinglait vers la Corne d'Or.

N'était-elle pas comme d'autres barques qui

étaient venues de même tourner autour du voilier blanc, attirées par son luxe et par sa gaieté?

Lelia allait rentrer chez elle, dîner entre son père et sa mère qui lui demanderaient peut-être de jouer du piano.

— Bernard!

Il leva la tête à regret, aperçut Nouchi toujours coiffée d'une casquette de yachtman, qui débouchait une bouteille de champagne.

— Je suis en train de proposer de continuer la partie chez nous. J'ai prévenu nos amis qu'il n'y avait rien à la maison. En passant dans la Grand-Rue de Péra, nous achèterons ce qu'il faut pour organiser un pique-nique...

Il n'osa pas dire non. Il était las. Il y avait surtout en lui un commencement d'écœurement qui lui rappelait les lendemains d'orgie.

Nouchi, elle, défiait à la fois la fatigue et l'écœurement, et ses amoureux la suivaient, prêts à satisfaire ses caprices.

Le yacht passait devant les lumières de Dolma-Batché, l'ex-palais des sultans et, désignant le premier étage éclairé, Amar pacha affirma:

— Le Ghazi est là!

Cela rappela à Jonsac la première nuit d'Ankara.

— C'est dommage qu'il ne soit pas des nôtres! répliqua Nouchi. Il a les yeux les plus extraordinaires du monde!

— Il est possible que je vous présente un jour...

Elle prit son air le plus mystérieux.

112

— Ce ne sera pas nécessaire.

— Vous le connaissez?

— J'ai passé une nuit à la Ferme avec lui, à Ankara. N'est-ce pas, Bernard?

Celui-ci surprit un vilain sourire de Mufti bey. Stolberg regarda ailleurs.

— Dans ce cas, vous devez le connaître mieux que moi! affirma cyniquement Amar pacha. Naturellement, comme toujours, la fête a duré jusqu'au matin?

— À sept heures, le Ghazi est entré dans son bureau et a appelé ses secrétaires pour travailler. Il paraît qu'il dort très peu.

Les lumières de Stamboul succédaient à celles du palais et on frôlait des cargos à l'ancre, on devinait des silhouettes de matelots accoudés aux bastingages.

La voiture d'Amar pacha attendait au port, mais elle ne pouvait contenir tout le monde et Jonsac prit place dans un taxi avec Mufti bey et deux inconnus.

— Notre épouse n'a jamais été aussi gaie qu'aujourd'hui, plaisanta Mufti.

Jonsac tressaillit, car au même moment il pensait à Lelia toute seule dans sa petite barque jaune.

— Très gaie, oui, dit-il machinalement.

— Amar pacha n'a pas moins d'entrain qu'elle!

Jonsac s'enfonça dans son coin et ne répondit pas. Quand ils entrèrent dans l'appartement, celui-ci était illuminé et la table chargée de victuailles de toutes sortes, depuis un jambon entier jusqu'à une caisse de champagne. Katach et Stolberg défaisaient les paquets.

— Où est Nouchi? questionna Mufti bey. Jonsac, lui, n'aurait pas posé la question. Il l'avait aperçue, par l'entrebâillement d'une porte, dans la salle de bains. Amar pacha l'avait saisie par les épaules et elle se débattait en riant, le menaçait d'un pot de crème de beauté qu'elle tenait à la main.

L'instant d'après, en passant près de Jonsac, elle lui serrait si fort le bout des doigts qu'il faillit crier de surprise.

VII

Jonsac occupait, près de la fenêtre, la place qu'il avait toujours occupée. À midi, la clientèle d'Avrenos n'était pas la même que le soir. On n'y voyait que des habitués qui arrivaient à heure fixe, mangeaient en silence, le plus souvent en lisant un journal, et partaient à leur travail après un salut timide à la ronde.

C'était une journée particulièrement chaude. Les pierres de la ruelle étaient d'un blanc agressif et on les devinait brûlantes. Depuis plusieurs jours, l'ambassade avait abandonné les locaux de Stamboul pour s'installer comme chaque été sur le Bosphore.

— Elle t'aime pour des raisons exactement contraires aux miennes, avait dit Nouchi le matin même.

En mangeant des poissons, le regard vague, Jonsac pensait sans cesse à cette phrase. À cette heure, Nouchi déjeunait avec quelqu'un, avec Amar pacha ou Stolberg, peut-être avec Mufti bey. C'était devenu une habitude. Jonsac sortait vers onze heures, passait à l'ambassade, mangeait seul quelque part et il arrivait qu'il ne retrouvât sa femme qu'à minuit.

D'autres fois, elle lui laissait une commission au bar du *Péra Palace*, qui était un de leurs lieux de rendez-vous, lui faisait dire où elle serait le soir.

À part Tefik bey, qui travaillait quatre ou cinq heures par jour au journal, leurs amis ne faisaient rien et, dès le matin, cherchaient à se rencontrer, se téléphonaient, arpentaient des heures durant la Grand-Rue de Péra.

— Nouchi sera ce soir à l'Opéra, dans la loge d'Amar pacha. Elle demande que tu la rejoignes après le second acte, annonçait-on à Jonsac.

Ils parlaient maintenant de Nouchi comme d'une des leurs. Ils l'avaient adoptée.

« — Elle t'aime pour des raisons contraires aux miennes... »

Cela devait être vrai. Ce que Nouchi avait ajouté surtout !

— Elle te croit fort, tu comprends ? Ton monocle, ta raideur, ton flegme apparent l'impressionnent. Elle s'imagine qu'une femme peut s'appuyer sans crainte sur ton bras.

Nouchi parlait sans méchanceté, avec son sourire tendre.

— Je parie même qu'elle t'aime un peu à cause de moi ! Elle nous voit aller et venir, mener une vie agitée, rouler en auto, faire la fête des nuits entières

116

et elle est persuadée que c'est toi qui nous donnes cette vie-là. Que dis-je? Pour elle, je suis une émanation de toi, quelque chose que tu as fabriqué...

Elle disait cela il y a une heure à peine, assise sur son lit, en polissant les ongles de ses orteils.

— Je ne vois vraiment pas pourquoi tu vis avec moi quand même! avait répliqué Jonsac, vexé, sans s'interrompre de se raser.

— Justement parce que tu es comme tu es! Un grand garçon timide et sentimental qui a peur de tout.

Il était parti sans lui dire au revoir, mais il savait qu'elle avait raison. Quand il avait adopté le monocle, par exemple, il était secrétaire d'un député connu pour ses coups de gueule à la tribune et pour sa brutalité dans la vie privée. Jonsac n'était pas payé. Il occupait ce poste pour s'initier à la politique. Néanmoins, il avait une telle peur de son patron que, quand il le savait en colère, il n'osait pas entrer dans son bureau.

Il avait eu l'idée du monocle en observant un diplomate allemand et, des semaines durant, il avait essayé le sien dans sa chambre, avant de le porter à la ville.

Car il avait encore plus peur du ridicule que du reste, peur d'un sourire, de la plus légère ironie. Quand des midinettes se retournaient sur lui en riant, il perdait contenance et s'arrêtait précipitamment devant n'importe quelle vitrine.

Il avait peur de faire de la peine aussi, peur d'être

impoli, peur d'être mal jugé. Il avait besoin que les gens aient une bonne opinion de lui et il osait rarement les contredire.

— Souviens-toi de ce que je te dis : ces jeunes filles-là, c'est plus audacieux que nous. Elle te poursuivra tant que tu cèdes...

C'était encore une phrase de Nouchi et Jonsac savait qu'elle avait raison une fois de plus. Il ne lui avait pas dit, mais il avait reçu un coup de téléphone, la veille, alors qu'il était seul à la maison.

— C'est vous ? avait demandé la voix tranquille de Lelia.

Elle avait ajouté avec un cynisme déroutant :

— Nouchi est avec vous ?

— Elle vient de sortir.

— Que faites-vous de vos journées ? Moi, je m'ennuie à mourir.

Un silence. Jonsac ne savait que dire.

— Il faudra que nous déjeunions un de ces jours ensemble, Nouchi et moi, comme la dernière fois. Vous allez toujours chez Avrenos ?

— Chaque midi.

— Vous paraissiez tous très gais, dimanche.

— Je vous assure que je n'étais pas gai du tout.

— Vous dites cela !... Allons ! Je vous laisse à vos occupations. Embrassez Nouchi pour moi...

Ce midi, en réalité, Jonsac aurait dû déjeuner à Thérapia, car il était obligé de passer à l'ambassade. S'il était venu, c'est qu'il avait cru comprendre que

118

les paroles de Lelia constituaient une sorte de rendez-vous.

Au lieu de lire son journal, il regardait la rue ensoleillée où passaient des indigènes chargés de paniers. Avrenos était venu lui serrer la main.

— Ça va comme vous voulez?

— Ça va!

Pour Avrenos aussi et, en somme, pour la plupart de ses clients, il était un personnage important et respecté.

— Voilà quelques soirs qu'on ne vous voit plus... Il paraît que vous faites la bombe toutes les nuits...

Il sourit mystérieusement et se pencha, car il avait entendu un taxi s'arrêter au bout de la ruelle où les voitures ne pouvaient passer. L'instant d'après, il apercevait une robe blanche, une silhouette longue et bien découplée.

C'était Lelia. Elle marchait avec une fausse nonchalance, comme si elle eût été curieuse de visiter ce quartier du marché au poisson. Mais Jonsac la devinait un peu crispée. Il se demanda si elle oserait entrer carrément dans le restaurant.

Elle dut hésiter, car elle marqua un temps d'arrêt imperceptible, puis elle continua sa route, plus lentement, tandis que Jonsac se levait et soulevait le rideau blanc qui servait de porte.

— Lelia!... appela-t-il.

Il avait sa serviette à la main, un morceau de

gâteau dans la bouche. La jeune fille se retournait, feignait la surprise.

— Vous étiez là?

Elle lui tendit la main, regarda curieusement l'intérieur du restaurant où elle n'avait jamais mis les pieds.

— C'est amusant, ici!

— Entrez donc... Vous avez déjeuné?

— Chez nous, on a gardé l'habitude de déjeuner tôt.

— Alors, venez prendre un peu de café.

Il s'empressait, cherchait une chaise qu'il lui tendait, appelait Avrenos.

— Faites-nous du très bon café.

Il n'osait pas achever son gâteau. Cela lui semblait ridicule de continuer à manger devant la jeune fille.

— Finissez votre repas, je vous en prie.

— J'avais fini! Cette pâtisserie est trop fade.

Et toutes les paroles de Nouchi lui revenaient à l'esprit.

— Ces jeunes filles sont plus audacieuses...

Il était fier, quand même, qu'elle fût venue. Cela lui rendait confiance en lui-même.

— Vous ne trouvez pas que Stamboul est impossible à cette saison? Les autres années, j'étais en France ou en Suisse. Mais cette année, avec la crise...

Plus grave, elle questionna :

— Vous ne prenez pas votre congé?

— Je l'ai pris cet hiver.

Le restaurant devenait désert et ils finirent par être seuls près de la fenêtre, tandis que l'unique garçon rangeait les tables pour le soir.

— Qu'est-ce que vous faites cet après-midi?

Il ne sut que répondre. Il devait passer à l'ambassade, comme tous les jours. Il était payé pour cela. Il avait en outre quelques affaires à arranger dans les bureaux officiels mais, à la rigueur, elles pouvaient attendre au lendemain.

— Vous ne voyez pas Nouchi?

— Pas avant ce soir.

« ... sont plus audacieuses... »

Il en eut une nouvelle preuve.

— J'avais envie, par cette chaleur, d'aller aux Eaux Douces d'Europe, murmura-t-elle en feignant d'être très occupée à fouiller dans son sac à main.

— Si vous le permettez, j'irai avec vous.

« ... sont plus audacieuses... »

Qu'aurait dit Nouchi en entendant Lelia prononcer avec un sourire mal refréné :

— Que penserait cette gentille Nouchi?

— Elle ne penserait rien.

— Elle n'est pas jalouse?

— Je ne crois pas.

Jonsac était aussi gauche que jadis quand, pour la première fois, il avait fait la cour à une femme. Il esquissa un geste pour payer l'addition, oubliant qu'il avait son compte ouvert chez Avrenos.

— J'inscrirai cela avec le reste, protesta celui-ci.

121

Puis il chercha un taxi, tandis que Lelia s'écriait :

— Nous allons prendre le bateau et là-bas nous louerons des ânes.

Au milieu du pont, ils durent se faufiler dans la cohue qui se pressait sur le débarcadère. Des bateaux accostaient sans cesse, comme des tramways, repartaient pour toutes les directions, pour Scutari, pour la gare d'Haydar Pacha, pour Prinkipo, les îles ou Thérapia.

Nouchi aurait été malheureuse de se trouver ainsi mêlée au peuple au lieu d'être installée dans une auto ou à bord d'un canot automobile.

Lelia, elle, était à son aise. Quand sa famille habitait la villa du Bosphore, elle devait prendre ainsi le bateau tous les jours. En habituée, elle choisit une bonne place, près du bastingage, en face d'une paysanne qui portait un panier sur les genoux.

— Je suis contente ! dit-elle en aspirant vivement l'air bruyant.

Pour Jonsac, c'était très nouveau, cette promenade en bateau-mouche en compagnie d'une jeune fille. Il ne savait même pas le prix des billets. Elle dut le lui dire, mais elle tint à payer elle-même sa place.

— En camarades ! Sinon, je n'irai plus nulle part avec vous. Quand mes cousins d'Athènes viennent, nous faisons ainsi. J'ai vu que tout le monde agit comme cela à Montparnasse...

C'était, à peu de chose près, la même promenade que celle qu'on avait faite le dimanche à bord du yacht. Un peu plus loin que Thérapia, près du Bosphore, s'amorce une vallée fraîche et verdoyante où coule une source. C'est ce qu'on appelle les Eaux Douces d'Europe.

En chemin, le bateau s'arrêtait à maints débarcadères et des gens montaient et descendaient. Un canard avait passé le cou par l'ouverture du panier de la bonne femme et Lelia lui caressait le bec de son doigt ganté de clair.

— Vous avez vu notre maison? Elle est assez gentille. Le jardin est joli. N'empêche que c'est triste, surtout quand mon père a ses névralgies.

On aperçut non seulement la maison, mais le canot jaune amarré dans un port en miniature.

— Savez-vous que je vous en ai voulu? dit soudain Lelia en regardant ailleurs.

— Pourquoi?

— Dimanche, j'ai remarqué qu'il y avait à bord des gens qui se trouvaient dans le yali, la nuit où...

Elle marqua un temps d'arrêt, reprit:

— C'est sot de ma part... Mais je m'imaginais que vous ne les verriez plus... Qu'ont-ils dit de moi, après?

— Je ne leur aurais pas permis de dire quelque chose.

Il mentait, mais il ne pouvait faire autrement.

— Je les vois par nécessité, ajouta-t-il. La plupart ne sont pas intéressants.

Encore un mot de Nouchi! Allait-elle ainsi le

poursuivre jusque dans les moindres détails de sa vie ?

— En somme, ils ne font rien ? questionna-t-elle.

— Pas grand-chose. Sous l'ancien régime, ils auraient été riches et ils auraient eu un grade quelconque dans l'armée ou dans la bureaucratie. Ils n'ont pas le courage d'exercer un métier régulier et ils préfèrent vivre de petites rentes. Ils s'ennuient, dans un monde nouveau auquel ils ne veulent pas s'adapter.

On abordait un débarcadère où tout le monde descendait. Une brise légère arrivait de la mer Noire qu'on apercevait à l'horizon, au-delà du cap grisâtre qui marquait la fin du Bosphore. Lelia suivait la foule, tête basse, en regardant par terre, et soudain elle murmura :

— Je ne sais pas ce que vous allez penser de ma question. Ne répondez pas si vous préférez ne pas répondre. Est-ce que... Non !

— Dites !

— Vous allez vous faire des idées ! Il vaut mieux pas...

— Je vous en prie.

— Eh bien, tant pis ! Est-ce que vous êtes marié ?

Sans le monocle, elle eût pu lire le trouble de Jonsac sur son visage. Pour gagner du temps, il bégaya :

— Avec Nouchi ?

— Naturellement, avec Nouchi ! railla-t-elle. À moins que vous possédiez tout un harem !

— Je ne suis pas marié...

Elle détourna la tête, si bien qu'il ignora si elle était contente.

— Il y a très longtemps que vous la connaissez?

— Pas très longtemps.

— C'est vrai que c'est une danseuse?

— Elle était danseuse, oui. Qui vous l'a dit?

— Ousoun... Et Mufti bey...

Elle regarda vivement autour d'elle et s'écria :

— Nous avons de la chance! Il y a des ânes libres!...

Et elle se précipita vers le Turc qui louait les bêtes, discuta le prix avec lui.

— Lequel voulez-vous? Le plus grand, évidemment, sinon, je ne sais pas de quoi vous auriez l'air.

Il était quand même ridicule, chevauchant derrière elle, au pas, le long d'un sentier qui suivait la vallée. L'air était lourd, comme épaissi par les émanations de toutes les plantes, par le parfum sucré des fleurs, par le vol insistant des insectes.

Lelia, assise sur sa selle, ses jambes pendant nonchalamment d'un même côté, se présentait de profil et Jonsac gardait les yeux fixés sur elle mais ne voyait, dans l'embrasement de l'air, qu'une forme blanche, la ligne de la nuque, la tache claire du visage.

« — ... Elle ne sera contente que quand elle arrivera à ses fins... »

Encore Nouchi! Elle était toujours présente! Elle

125

le poursuivait alors même qu'il pouvait se croire le plus loin d'elle.

— À quoi pensez-vous? demanda Lelia en se tournant à demi.

— À rien.

— On dirait que vous êtes triste.

Il ne répondit pas et ils continuèrent la route en silence. L'un comme l'autre, ils se gavaient de mélancolie.

— C'est dommage que je ne sois pas morte, soupira enfin Lelia, qui se crut obligée de corriger cette phrase par un sourire.

— Ne parlez plus de ça.

— Vous êtes accouru tout de suite, n'est-ce pas? Mon père me l'a dit. Il ignorait qui vous étiez et il ne savait comment vous recevoir. Après, il m'a posé des questions.

Elle souriait toujours, le corps balancé par le pas de l'âne.

— Pauvre papa! Je ne l'ai jamais vu aussi embarrassé, aussi honteux. Il s'imaginait des choses terribles et il n'osait pas parler, il essayait de se rassurer, cherchait des périphrases. Maman a été plus nette. Devinez ce qu'ils craignaient?

— Je ne sais pas.

— Que j'aie un enfant!... Ils ont vécu plus d'une demi-journée avec cette angoisse et, quand vous êtes venu...

Avant même qu'elle continuât, Jonsac avait rougi.

— ... Vous comprenez pourquoi mon père vous regardait si curieusement ?

Ils se turent à nouveau. Ils étaient arrivés en face d'une sorte de guinguette en planches qui, le dimanche, était entourée d'une foule avide de s'ébattre dans l'herbe et de manger des choses froides en écoutant le phonographe.

En semaine, l'endroit était désert. La source coulait juste en face de la baraque et des jardins s'étageaient sur la colline, semés de berceaux de verdure.

L'âne de Lelia s'était arrêté de lui-même et déjà un petit garçon le prenait par la bride et l'attachait à un arbuste.

— Vous me permettrez de vous offrir un rafraîchissement ? prononça Jonsac en descendant de sa monture.

Ils contournèrent la guinguette et marchèrent à travers le jardin en pente. Jonsac soutenait le coude de sa compagne et ce simple contact suffisait à les troubler.

— Par ici ! leur conseilla le garçon en désignant le plus touffu des berceaux. Qu'est-ce que je vous sers ?

— De la limonade.

Il y avait une table rustique et un banc circulaire. Quand le garçon revint avec une bouteille embuée et des verres, Jonsac et Lelia étaient comme figés et, pour rompre le charme, la jeune fille ouvrit son sac et se poudra longuement.

127

— C'est tout à fait carte postale, n'est-ce pas, dit-elle du bout des lèvres.

— Les cartes postales sont souvent plus sincères que de longues lettres, répondit-il.

« ... elle arrivera à ses fins... »

Il repoussa une fois pour toutes l'image de Nouchi, ou plutôt il la défia.

— C'est très juste, ce que vous venez de dire, approuvait lentement Lelia.

Personne ne pouvait les voir. Ils entendaient seulement la voix de rares passants qui suivaient le sentier. Des mouches tournaient autour des têtes.

— Pourquoi sommes-nous venus ici ?

Elle parlait nerveusement, en regardant autour d'elle avec inquiétude. Ils étaient très près l'un de l'autre. Jonsac voyait la nuque blonde de Lelia, roussâtre plutôt, et sur la peau il y avait de minuscules perles brillantes. Il croyait percevoir cette odeur de chair chaude.

Elle bougea. Ce fut imperceptible. Peut-être voulait-elle de nouveau prendre son sac, ou simplement boire une gorgée de limonade. Mais alors il remua à son tour et ce fut pour lui saisir le bras, près de l'épaule, un bras nu et moite.

Elle se retourna, effrayée.

— Qu'est-ce que vous faites ?... Non !...

Ses sourcils étaient froncés, son regard malheureux et pourtant elle ne résistait pas, elle se laissait attirer par l'homme dont les lèvres glissèrent d'abord sur sa joue avant de trouver la bouche.

Le baiser avait un goût d'été, de plein air, de chair au soleil, un goût de plantes aussi, comme si la nature qui les entourait y eût participé.

Les yeux mi-clos, Jonsac voyait les yeux grands ouverts de Lelia qui le regardaient fixement, de tout près, de si près qu'il sursauta et que le monocle glissa, tomba sur la main de la jeune fille avant de se briser par terre.

Du coup, l'étreinte s'était dénouée. Penché en avant, Jonsac repoussait du pied les deux morceaux de verre et essayait de sourire.

— C'est du verre blanc. Cela porte bonheur, plaisanta-t-il.

Il était très rouge. Il avait chaud.

— Il est temps que nous partions, fit Lelia en se levant. Vous avez payé?

— Oui... Je ne sais plus... Je vais appeler le garçon...

Il était mal à l'aise, surtout à cause du monocle qui lui manquait, car il savait que cela transformait son visage.

— Je dois avoir l'air d'un hibou égaré en plein soleil. Savez-vous que je suis très myope?

Debout, elle attendait qu'il fût prêt et toute trace d'émoi avait disparu de son visage. Le garçon finit par se montrer et s'étonna de voir le couple partir si vite. Jonsac ne voulut pas remonter sur son âne qu'il mena par la bride.

— D'habitude, j'emporte un monocle de rechange

— Et aujourd'hui, vous n'en avez pas! dit-elle sans essayer de le consoler.

Allait-elle, elle aussi, le prendre pour un mou, pour un faible? Ils durent attendre près d'une demi-heure en plein soleil, sur le débarcadère, et le scintillement du soleil sur l'eau du Bosphore mettait dans les crânes comme des raies de feu.

— Vous ne regrettez rien? demanda-t-il.

À ce moment, il eut la sensation nette qu'il allait s'enferrer, mais il fonça tête baissée, comme pris de vertige.

— Il faudra que nous nous voyions pour que je vous parle sérieusement.

Elle leva la tête, étonnée.

— J'ai beaucoup de choses à vous dire... Je ne voudrais pas que vous croyiez...

Il ne trouvait pas les mots. Le bateau qu'ils allaient prendre voguait à plusieurs kilomètres dans la limpidité du paysage.

— Ce n'est pas par hasard que tout à l'heure j'ai fait ce geste... Vous comprenez?... Il y a longtemps que...

— Mais Nouchi? l'interrompit-elle d'une voix calme.

— Nouchi ne compte pas, vous le savez! C'est un petit animal plaisant...

Il avait honte de lui, mais c'était un besoin de la renier, de se venger sur elle de son propre embarras, de cette étreinte ratée. Car elle avait été ratée! Maintenant, Lelia était trop calme.

— Je vous répète que j'ai beaucoup, beaucoup de choses à vous dire... Quand vous verrai-je?

— Je ne sais pas... Je vous répondrai tout à l'heure... Nous avons le temps...

Une heure entière à passer sur le bateau parmi les autres voyageurs. Ils gardèrent le silence. Jonsac fixait la mer d'un œil morne et essayait de donner de la fermeté à ses traits.

— Vous ne m'avez pas répondu.

— Je pense à Nouchi, répliqua-t-elle.

— Je vous ai dit...

— Je sais!

Le bateau s'arrêtait non loin de la villa des Pastore et Lelia se leva soudain, tendit la main comme à un camarade.

— J'irai peut-être déjeuner avec vous demain chez Avrenos, décida-t-elle.

Il aurait préféré un autre rendez-vous, mais n'osa rien dire. Quand il pénétra au bar du *Péra Palace* pour avoir des nouvelles de Nouchi, il trouva celle-ci en compagnie d'Amar pacha qui se leva pour saluer Jonsac.

Les yeux de Nouchi riaient et elle avait son nez pointu des bons jours.

— Nous avons presque mis la combinaison sur pied! annonça-t-elle. Notre ami Amar te racontera cela tout à l'heure. Il faut seulement que tu décides le directeur de la banque Ottomane...

— Un raki! commanda Jonsac au barman.

131

Il s'était arrêté chez un opticien pour acheter un monocle et il avait retrouvé son assurance.

— Il paraît que Lelia est allée te rejoindre chez Avrenos?

— Qui t'a dit cela?

— Ici, tout se sait. Avrenos l'a raconté à Ousoun que j'ai rencontré tout à l'heure à Péra et qui s'est empressé de me le dire. Alors, c'est fait?

Elle riait en jouant avec un collier qu'il ne lui connaissait pas.

— Raté?

Il ne répondit pas et, l'instant d'après, sous la table, elle lui pinça cruellement la cuisse.

VIII

Cela tenait de l'ivrognerie et de l'intoxication. Le matin, en se réveillant mou et écœuré, les jambes lasses d'avoir traîné une partie de la nuit dans Péra et dans Stamboul, Jonsac se promettait :

— Aujourd'hui, je ne verrai ni Mufti bey, ni Selim, ni Ousoun, ni Tefik... Je n'irai pas chez Avrenos et je ne mettrai pas les pieds au bar du *Péra Palace*...

Il se disait cela depuis des années et, comme l'ivrogne mal converti se permet déjà un petit verre dès le milieu de la journée, il passait comme par hasard dans la Grand-Rue de Péra où il était sûr d'être hélé par l'un ou l'autre de ses amis.

Le *kief* recommençait, comme disent les Turcs, la balade nonchalante dans les rues au gré de la brise et des hasards. Si c'était Ousoun qui conduisait, cela finissait dans le vieux quartier en pente de Top-Hané, aux ruelles étroites entre les maisons de bois. Là, à un angle, il y avait un petit café indigène où nul n'entrait jamais. Dehors, par contre, quelques sièges vous invitaient à vous asseoir le dos au mur tiède. Et aussitôt le patron vous apportait le café turc et le narghilé.

Ousoun pouvait rester des heures à cette place, à regarder les jeux de l'ombre et de la lumière sur les murs, la tache verte d'un figuier qu'un hasard artiste avait fait croître exactement là où l'aurait mis un peintre.

Maintenant, Jonsac était capable des mêmes rêveries. Depuis des années, il n'avait pas lu un seul livre, mais il avait les oreilles bourdonnantes des vers que ses amis récitaient comme on fredonne.

Ce matin encore, il était lourd et triste comme une bête malade. Où n'avait-on pas traîné la nuit ?

Nouchi avait dîné avec Amar pacha et Jonsac en avait profité pour manger chez Avrenos, où il avait retrouvé Tefik et les deux Ahbad, le sculpteur et son frère à face de Kalmouk. Comme toujours, on était remonté ensuite jusqu'à Péra.

— Si on allait dire bonjour à Selim ?

Selim bey était chez lui, en compagnie de Mufti, et on avait bu, fumé quelques pipes de haschisch. Nul n'avait la notion de l'heure quand on sortit pour prendre l'air. Les cinémas de Péra se vidaient. En face du restaurant Abdullah, on avait rencontré Nouchi et Amar qui en sortaient.

— Qu'est-ce que vous faites ?

— Et vous ?

Il y avait longtemps qu'on avait renoncé à inventer une distraction nouvelle. Ce fut le *Chat Noir*

134

puis, comme il n'y avait pas assez d'entrain, un cabaret plus sordide, le *Cristal Palace*, où l'on but du champagne fade qu'Amar pacha paya.

Nouchi adressa la parole aux gens de la table voisine et l'on forma de nouveau une bande compacte. Alors quelqu'un, un des Ahbad sans doute, proposa d'aller se promener sur les tombes du vieux cimetière d'Eyoub.

Tout le monde fut d'accord. La proposition n'avait rien de risible. Elle cadrait avec l'ambiance, avec l'état d'esprit, avec la ville même. Jonsac y avait fini vingt fois la nuit dans les mêmes conditions et c'était presque une tradition, quand l'un des amis faisait une conquête, d'emmener celle-ci voir le clair de lune à Eyoub.

On s'entassa dans des taxis. Amar pacha et Nouchi s'installèrent dans un autre que celui de Jonsac. Et là-bas on erra dans les allées en récitant des strophes, ou bien Mufti bey lisait les inscriptions, désignait les tombeaux de ses ancêtres, racontait leur vie fastueuse.

Le résultat le plus clair, c'est qu'on s'était couché à cinq heures du matin et que maintenant Jonsac, qui avait mal à la tête, se dirigeait sans conviction vers des bureaux administratifs où il avait diverses affaires à régler pour l'ambassade.

— Tes amis ne sont pas intéressants, avait affirmé Nouchi le premier soir.

À présent, elle en avait autant besoin que lui, elle était la première à leur téléphoner pour leur donner rendez-vous et à prolonger les veillées, fût-ce en arpentant un cimetière.

Lelia elle-même n'enviait-elle pas leur existence? Au souvenir de la jeune fille, Jonsac fronçait les sourcils et il entendait encore la voix de Nouchi, tandis qu'ils se déshabillaient.

— Ce n'est pas encore fait? Eh bien! mon cher, tu as raté l'occasion et, à l'heure qu'il est, cette petite n'est pas loin de te détester. Quand une jeune fille fait tout ce qu'elle a fait pour avoir un homme et qu'il se contente de l'embrasser gauchement en laissant tomber son monocle...

Il se souvenait qu'au retour des Eaux Douces Lelia était distante. Mais n'avait-elle pas promis de venir déjeuner avec lui chez Avrenos?

Jonsac devait voir le préfet. D'habitude, celui-ci était toujours libre, mais le hasard voulut qu'il fût en conférence et Jonsac dut attendre près d'une heure dans les couloirs déserts du Vilayet. Le cadre était désolant et ses pensées devinrent plus mornes encore.

D'abord il y avait sa fatigue et une lourdeur de la tête qu'il devait aux verres d'alcool et aux pipes de haschisch. Il y avait le rire de Nouchi, la veille.

« — Je vois que tu n'es pas encore sur le point de me tromper! »

Il y avait ce qui s'était passé ensuite, une scène vraiment bouffonne qu'il n'était pas près d'oublier. Nouchi, depuis longtemps, n'avait plus de pudeur vis-à-vis de lui. Tandis qu'elle le raillait, elle était

136

presque nue et Jonsac l'avait regardée d'un œil farouche.

— N'aie pas cette tête-là! lança-t-elle en faisant sauter une jarretelle. Ce n'est pas parce que je te dis des vérités...

Il s'était jeté sur elle, littéralement, pris du besoin de lui prouver qu'il était un homme. Au lieu de se fâcher, elle avait été prise de fou rire. Ses yeux en pleuraient. Sa gorge se soulevait à un rythme saccadé cependant que ses deux bras, néanmoins, maintenaient son compagnon à distance.

— On verra bien si...

Une minute peut-être il s'était obstiné, rageur, mais il ne pouvait rien contre ce rire-là et il avait enfin abandonné la partie, les cheveux en désordre, les bras meurtris par les ongles de Nouchi.

Longtemps après, alors qu'il la croyait endormie, elle avait dit d'une voix tranquille :

— C'est avec Lelia qu'il faut agir ainsi!

Pourquoi pas? Nouchi l'humiliait à plaisir, exagérait sa faiblesse. Il avait eu d'autres femmes qu'elle et il était capable d'en avoir encore.

« — Ce qu'il ne faut pas, c'est être en plein air, quelque part où on puisse nous surprendre... »

Il pensait aux détails pratiques. Chez Avrenos, où tout le monde le connaissait, c'est à peine s'il pourrait échanger quelques mots avec Lelia. Louer un canot automobile et circuler sur le Bosphore était possible, mais il y aurait toujours un matelot avec eux.

137

Jonsac alla jusqu'à envisager la chambre d'hôtel, mais il ne retint qu'un instant cette idée.

— On peut téléphoner? demanda-t-il soudain en pénétrant dans le bureau du chef des étrangers.

— Je vous en prie.

Il demanda son appartement, eut Nouchi à l'appareil.

— Qu'est-ce que tu fais, cet après-midi?

— Je vais au concert avec Stolberg.

— À quelle heure sors-tu?

— Dans une heure. Au lieu de déjeuner, je veux manger des pâtisseries.

Il se demanda si le Turc assis en face de lui, son chapelet d'ambre entre les doigts, remarquait qu'il y avait quelque chose de changé dans sa physionomie. Il eut quelque peine à lui sourire en prenant la cigarette qu'on lui offrait et en refusant le café turc.

— Vous êtes content?

Le chef des étrangers ne lui demandait pas de nouvelles de Nouchi, parce que la politesse turque interdit de parler à quelqu'un de sa femme.

— Très content.

On vint annoncer que le préfet était libre et Jonsac passa quelques minutes dans son bureau, téléphona ensuite à l'ambassade pour donner le résultat de son entretien.

— Quand vous verra-t-on? demanda avec quelque humeur le secrétaire.

— Je passerai dans la soirée.

— L'ambassadeur a demandé deux fois après

vous depuis hier. J'ai même téléphoné à votre domicile, mais vous n'y étiez pas. Vous ne pouvez pas venir maintenant ?

— C'est tout à fait impossible. Excusez-moi. Dites à Son Excellence...

Déjà le secrétaire avait raccroché. Encore une raison de mauvaise humeur ! Elles s'additionnaient les unes aux autres et, quand Jonsac descendit à pied vers le marché au poisson, il avait le regard fuyant comme s'il eût flairé un danger. Peut-être aussi le temps y était-il pour quelque chose. Il n'avait pas plu depuis un mois et l'air trop sec râpait la gorge cependant que les nerfs devinaient des effluves électriques. À deux reprises, la poussière des rues se souleva sous l'action d'un coup de vent soudain.

Il était une heure quand Jonsac entra chez Avrenos et, du premier coup d'œil, il constata que Lelia n'y était pas.

— Il n'est venu personne pour moi ?

— On a téléphoné. La dame que vous attendez ne pourra pas venir, mais elle sera à deux heures sur le Nouveau Pont, à gauche, près des embarcadères.

Le Kalmouk, qui était assis à une table du fond, prit son assiette et s'installa près de Jonsac. Il parlait très mal le français, mais s'obstinait à employer cette langue, bien que son compagnon comprît parfaitement le turc. Sa conversation était lassante et roulait sans cesse sur la sculpture qu'il prétendait rénover.

— Prenez une surface quelconque... Qu'est-ce que c'est?...

Il fumait dès le matin, buvait davantage, si bien qu'on ne savait jamais quand il était ivre ou non, car il avait toujours les mêmes allures farouches et la voix hésitante.

« Pourquoi au milieu du pont? » se demandait Jonsac.

Cela le vexait. Tout le vexait. Jamais il ne s'était senti aussi amoindri et pourtant, en regardant Ahbad qui parlait en lui envoyant des postillons, il pensait :

« Je suis beaucoup plus intelligent que lui, plus intelligent que Mufti, que Stolberg, qu'Amar pacha même... Je connais plus de choses qu'eux... Physiquement... »

Eh bien! physiquement, il n'était pas plus mal, au contraire. Or, ces gens ne semblaient pas souffrir de leur infériorité. Lui-même, auparavant, n'en avait pas l'idée, sinon, de loin en loin, dans les moments de cafard ou de gueule de bois.

C'était Nouchi qui avait tout fait. De quoi se mêlait-elle, elle qui n'avait aucune instruction, qui était née dans une caserne à loyers de Vienne et qui avait traîné dans les cabarets?

Lelia n'avait jamais eu à son égard cet air protecteur ou méprisant! Au contraire!

« Il faut qu'elle vienne chez moi », se jura-t-il.

Et, dans cette décision, il englobait d'autres volontés plus précises. Il fallait tout! Il fallait le nécessaire!

140

— Savez-vous que j'ai retrouvé la forme des outils dont se servaient les Égyptiens pour tailler la pierre? Si vous venez me voir, je vous montrerai...

Jonsac paya et sortit. Il n'était qu'à cinq minutes du pont. Il avait le temps. Dans les rues, c'était l'habituelle cohue, semi-européenne, semi-orientale, les tramways, les ânes, les porteurs, les mendiants et parfois le passage rapide d'une auto de luxe.

Est-ce que seulement son mariage avec Nouchi était valide? Ce n'était qu'un mariage religieux et les Pastore n'étaient pas catholiques.

Ils étaient riches. Lelia était fille unique. La villa du Bosphore était agréable l'été et avait un air de solidité, de sécurité qui faisait envie à Jonsac.

Jeune fille, Lelia affectait des airs d'indépendance, mais il en avait vu d'autres, plus indépendantes qu'elle encore, qui, une fois mariées, étaient les plus dociles des femmes. Au fond, plus tard, elle ressemblerait à sa mère, en moins trapu, mais en aussi bourgeois.

S'il n'avait plus besoin de gagner sa vie, on l'accepterait à l'ambassade comme volontaire, avec le titre d'attaché, ce qui ouvre toutes les portes et donne droit au passeport diplomatique.

On lui toucha le bras. C'était Lelia, qui souriait de le voir si préoccupé qu'il ne l'avait même pas aperçue.

— J'ai été obligée de déjeuner à la maison, car des amis sont arrivés ce matin de Gênes avec le bateau italien. On vous a fait la commission?

Elle était vêtue d'une robe de soie couleur paille et portait une veste légère sur le bras.

— Je n'ai pas beaucoup de temps, car ma mère et mes amis m'attendront tout à l'heure à la pâtisserie Tokatlian...

Elle le regarda plus attentivement, questionna

— Qu'est-ce que vous avez?

— Rien.

Pourquoi cette intrusion de la pâtisserie dans ses préoccupations lui rendait-elle sa mauvaise humeur? C'était la grande pâtisserie de Péra où, chaque jour, vers cinq heures, se retrouvaient les personnes élégantes. Jonsac y mettait rarement les pieds, parce que l'ambassadeur s'y trouvait souvent et aussi parce que cela revenait cher.

— Où allons-nous?

— Je ne sais pas, dit-il en marchant, le regard rivé au sol.

Il évitait de la regarder et il sentait naître sa curiosité, peut-être aussi un rien d'inquiétude.

— Vous n'êtes pas le même homme qu'hier.

Il feignit de ricaner.

— Vraiment?

Et il n'aurait pas pu dire s'il était sincère ou non. Ou plutôt c'était un mélange intime de pose et de vraie détresse qui ne l'empêchait pas de suivre avec soin les réactions de la jeune fille.

— Vous m'avez annoncé que vous aviez à me parler.

— Oui, j'ai annoncé cela. Mais maintenant, je me demande si c'est bien la peine.

Ils avaient franchi le pont et ils gravissaient lentement la rue en pente qui va de Galata à Péra, par le tunnel.

— Qu'est-ce que vous vouliez me dire?

Il s'arrêta, montra la rue vibrante autour d'eux, soupira :

— Vous croyez que c'est dans la rue qu'on décide du sort de quelqu'un?

— Du sort de qui?

Elle mordait à l'appât. C'est le mot trivial qui lui vint à l'esprit et c'était d'autant plus étrange que d'habitude il avait la grossièreté en horreur. Tant pis! Il ne fallait pas l'acculer ainsi!

— Vous avez confiance en moi? demanda-t-il soudain en la regardant dans les yeux.

Elle hésita une seconde, murmura

— Mais oui.

— Dans ce cas, je vous demande de venir chez moi, rien qu'une heure. J'ai beaucoup de choses à vous dire. Notre conversation aura une influence décisive sur plusieurs existences.

— Mais Nouchi?

— Nouchi ne compte pas! Nouchi n'existe pas D'ailleurs, Nouchi n'est pas là.

Lelia hésitait encore.

— Je ne sais pas si...

— Vous voyez que vous n'avez pas confiance!

Elle fut frappée par son accablement que le

143

monocle, la silhouette rigide rendaient plus émouvant, car d'habitude Jonsac donnait une impression de scepticisme, d'indifférence, de calme, qui contrastait avec sa physionomie d'aujourd'hui.

— J'accepte! prononça-t-elle en baissant la tête.

Peut-être eut-il une hésitation encore mais elle fut brève, et il leva le bras pour arrêter un taxi. Cinq minutes plus tard, ils pénétraient dans la maison et Jonsac manœuvrait l'ascenseur en contenant le sourire qui voulait jaillir à ses lèvres.

— Vous êtes sûr que Nouchi est absente? Je ne voudrais pas qu'elle puisse penser...

— Elle n'est même pas capable de penser!

Il se vengeait. Il avait besoin d'amoindrir sa compagne dont des phrases, toujours, lui revenaient à l'esprit.

« C'est à Lelia qu'il faut faire cela... »

Cela, c'était la chose la plus ridicule, la plus amoindrissante qu'il eût faite de sa vie : l'attaque brutale, maladroite de la nuit, sur le lit où elle achevait de se dévêtir et où elle éclatait d'un rire nerveux.

En sortant de l'ascenseur, Lelia s'arrêta et, à sa respiration suspendue, on devinait son émotion. Jonsac, cependant, tirait une petite clef de sa poche et poussait la porte.

— Il n'y a personne?

Comme pour répondre à cette question de la jeune fille, on entendit du bruit et on aperçut la tête curieuse de la négresse.

— Ne craignez rien. Passez par ici.

Jonsac écartait le rideau vert qui séparait l'anti-chambre du salon et Lelia entrait dans le soleil qui ruisselait du balcon. Quant à lui, il revint en arrière pour donner cinq livres turques à la servante.

— Tu iras te promener pendant deux heures. Tu as compris?

Elle étira les lèvres dans un large sourire.

— Tu ne reviendras pas avant, n'est-ce pas?

Elle battit des cils et Jonsac ne put s'empêcher de sourire aussi, d'un sourire triomphant. Il était près de Lelia quand la porte d'entrée s'ouvrit et se ferma.

— Qu'est-ce que c'est?

— Rien. C'est la négresse qui est partie faire quelques courses.

Il y eut une ombre de soupçon dans les yeux de la jeune fille et au même moment un nuage cacha le soleil qui revint un instant, disparut de nouveau.

— L'orage, dit-elle pour dire quelque chose.

Elle restait debout, cherchant une contenance, tenant son sac à deux mains.

— C'est très joli, chez vous. C'est vous qui avez choisi les meubles?

— Oui.

Il mentait, mais il n'avait pas le temps de s'arrê-ter à ces détails.

— Mes parents ont des goûts moins modernes. Si je les laissais faire, il y aurait des bibelots par-tout, des portraits, des aquarelles, des albums de cartes postales...

Elle rit sans en avoir envie et il rit aussi gauchement.

— Asseyez-vous ici.

Il lui désignait un divan de velours vert posé près du mur et, comme des bouffées de vent soulevaient les rideaux, il alla fermer la porte-fenêtre. Quand il se retourna, Lelia machinalement tenait son sac ouvert devant son visage et promenait un crayon de rouge sur ses lèvres.

Sur la table, il y avait une robe de Nouchi et Jonsac la roula vivement en boule pour la jeter dans un coin. Il faillit ouvrir la cave à liqueur, offrir du porto. Mais non! C'était trop bête! Garçonnière, porto et petits fours! Lelia comprendrait tout de suite!

— Pourquoi étiez-vous si froide, hier, en me quittant?

— J'étais froide?

Elle feignait de s'étonner, remettant le rouge à lèvres dans son sac qu'elle refermait après avoir regardé l'heure à une montre minuscule.

— J'y ai pensé toute la nuit. Des heures durant, je me suis répété tout bas ce que je voulais vous dire et maintenant je ne sais plus...

« Très bien! s'approuva-t-il lui-même. Début parfait! »

— J'espère que vous allez quand même vous souvenir, répliqua-t-elle.

— Peut-être... Si vous m'aidez...

— Qu'est-ce que je dois faire?

146

— Me permettre d'abord de m'asseoir près de vous et ne pas me regarder...

Tout en parlant, il s'était installé sur le divan et il avait passé son bras autour de la taille de Lelia. Il lui sembla qu'elle se raidissait, qu'elle se tenait sur la défensive.

— Maintenant, il suffirait que nous reprenions la conversation là où nous l'avons laissée hier aux Eaux Douces...

Elle se tourna lentement vers lui et posa sa main sur son genou, d'un geste calme, sans équivoque.

— Écoutez...

Il comprit que cela ne serait pas si facile et perdit de son assurance.

— Je ne sais pas ce que vous pensez de moi. Vous m'avez vue, une nuit, dans une situation ridicule et même odieuse. Je n'ai pas, comme vos amis, l'habitude de boire. Je n'ai pas non plus l'habitude de l'atmosphère qui nous entourait.

— C'est ce soir-là que... commença-t-il.

— Attendez! Le lendemain, j'ai eu tellement honte que j'ai voulu mourir. C'est à vous que j'ai écrit, parce que vous m'aviez donné confiance. La vie me paraissait laide et sale...

Elle reprit avec plus de fièvre :

— Je vous ai suivi hier aux Eaux Douces. Vous m'avez embrassée. Et maintenant me voilà ici, chez vous, où Nouchi peut rentrer d'un instant à l'autre. Ce que je veux, c'est que vous ne vous mépreniez pas. J'ai eu confiance en vous. Je ne sais pas ce que vous voulez me dire. Il vaut mieux pourtant que je vous prévienne de ne pas essayer de vous amuser de moi. Je ne vous en voudrais pas si vous me disiez :

« — Lelia, je me suis trompé. Il vaut mieux que nous partions... »

Cramoisi, Jonsac ne trouva d'autre attitude que de se lever et d'appuyer son front moite à la vitre. La jeune fille, elle, restait à sa place. Elle ne voyait que le dos de l'homme. Elle attendait. Et Jonsac était envahi par une telle rage que des larmes jaillirent de ses paupières. Il croyait entendre la voix de Nouchi :

« — C'est à elle que tu dois faire cela... »

De larges gouttes de pluie tombaient sur le balcon, bien que le soleil n'eût pas encore tout à fait disparu. On devinait un lointain roulement de tonnerre.

— Nous allons partir comme de bons camarades, n'est-ce pas ?

Il y avait de la peur dans l'accent de Lelia. Elle se levait à son tour. Elle était nerveuse et lui, sûr que les larmes étaient visibles sur ses joues, se retourna.

— Lelia !...

Elle le fixa avec stupeur, balbutia :

— Vous pleurez ?

Il sourit, d'un sourire amer qu'il savait éloquent et lentement il essuya son monocle embué avant de le remettre à son orbite.

— Pourquoi pleurez-vous ?

— Vous avez pensé ce que vous venez de me dire?

— Je ne sais pas... Sur le pont, vous n'étiez pas comme d'habitude... J'ai cru sentir...

— Et maintenant?

— Je ne sais plus... Je ne voulais pas vous faire de la peine... Vous devez comprendre ma situation... Je suis une jeune fille... Il y a des choses qui me font peur...

— Vous n'avez pas confiance en moi!

— Maintenant, je crois que j'ai confiance.

Ses mains étaient crispées, peut-être parce que l'orage éclatait avec une violence inattendue. L'eau, brusquement, tombait en cataractes et rebondissait sur la pierre du balcon; le liquide, par-dessous la porte-fenêtre, se glissait jusqu'à la moquette du salon.

— Vous croyez que je vous aime vraiment?

— Si vous le dites...

— Et si je vous jure que je n'ai qu'un désir: celui de vivre avec vous, toujours, de vous épouser?

L'orage le troublait, lui aussi, couvrait parfois le son de sa voix. Il avait les nerfs tendus. Il crut même entendre un bruit dans l'antichambre.

— C'est cela que vous vouliez me dire? murmura-t-elle avec un sourire rasséréné.

Il restait debout assez loin d'elle, la physionomie triste, avec l'attitude lasse d'un incompris. Elle fit quelques pas en avant.

— Bernard! murmura-t-elle en lui posant la main sur l'épaule.

« — C'est à elle que tu dois faire ça! C'est à elle que tu dois faire ça... C'est à elle que tu dois faire ça... »

Il avait quelques secondes pour se décider.

IX

— Vous croyez encore que je vous ai attirée dans un piège?

— Je n'ai jamais dit cela.

— Vous l'avez pensé! Avouez-le! Tout à l'heure vous aviez peur et vous regrettiez d'être venue.

Il était émerveillé du son grave et chaud de sa voix, de son adresse, de son succès. Attentif à ne pas brusquer la jeune fille et à garder son avantage, il évitait de trop se rapprocher d'elle, de la prendre dans ses bras, se contentant d'une caresse protectrice de ses doigts sur la nuque, parmi les petits cheveux roux.

— Pas un instant, je ne vous ai prise pour une jeune fille dont on s'amuse, continuait-il.

Mais cette fois il y eut dans le salon l'intrusion brutale, persistante de la sonnerie du téléphone. Lelia tressaillit et recula, comme si elle eût été surprise par une personne étrangère. Jonsac fronça les sourcils et décrocha lentement.

151

— M. de Jonsac est-il chez lui, s'il vous plaît?

C'était une voix de femme habituée à téléphoner, la voix d'une dactylo ou d'une secrétaire.

— C'est lui-même. De la part de qui?

— Restez à l'appareil. M. l'Ambassadeur va vous parler.

Les mains de Jonsac étaient devenues moites et il restait là, immobile, à fixer le sac de Lelia posé sur la table. L'ambassadeur ne l'appelait jamais au téléphone et s'il avait quelque chose à lui faire dire, c'était par l'intermédiaire de son attaché ou d'un des deux conseillers.

Il connaissait le grand bureau, là-bas, au bord du Bosphore, avec la tapisserie des Gobelins tendue devant le mur du fond et cette odeur de cigare et d'eau de Cologne russe qui suivait partout l'ambassadeur. La secrétaire disait plus bas :

— M. de Jonsac est à l'appareil!

Puis il y eut d'autres voix, assez lointaines. On achevait une conversation commencée.

L'ambassadeur prenait congé de quelqu'un. La pluie ne devait pas encore tomber à Thérapia, car la fenêtre était ouverte et Jonsac entendait la sirène d'un bateau sur le Bosphore.

— Allô! C'est vous, Jonsac?

Il tressaillit, comme pris en faute, s'assura que Lelia ne le regardait pas.

— Oui, monsieur l'Ambassadeur.

Celui-ci devait être de mauvaise humeur, car d'habitude il n'appelait pas ses collaborateurs par leur nom mais disait « mon vieux » ou « mon cher ».

— Je vous fais chercher partout depuis ce matin. Pouvez-vous passer tout de suite à l'ambassade?

— ... C'est-à-dire... Dans une heure ou deux, si vous le permettez...

Lelia qui regardait tomber la pluie s'était retournée.

— C'est exact, ce que je viens d'apprendre? Vous vous occupez de constituer un groupe financier et vous vous vantez de l'appui du gouvernement français?

— Moi?

Jonsac n'avait pas compris tout de suite, mais bientôt il se figeait, effrayé, perdant contenance.

— On en parle dans les ambassades et dans les milieux turcs comme d'une chose presque faite. On cite même le nom d'un député et d'un haut fonctionnaire...

— Je vous expliquerai tout à l'heure...

— Le fait brutal est exact?

— C'est-à-dire...

— Venez me voir le plus vite possible, car il est plus que temps de couper les ailes à ce canard.

Bien que l'on ait raccroché, à l'autre bout du fil, Jonsac murmura encore :

— Bonsoir, monsieur l'Ambassadeur.

— Il faut que vous partiez, n'est-ce pas? dit Lelia en prenant son sac.

— Non! Je vous assure...

— Vous êtes préoccupé. C'est quelque chose de grave?

— Une affaire assez sérieuse, simplement.

Il était nerveux et il serra ses doigts les uns contre les autres au point de faire craquer les phalanges.

Voilà à quoi s'étaient employés ces derniers jours Nouchi et Amar pacha! Qu'allait-il répondre, lui, à l'ambassadeur? Qu'il ne savait rien? Que tout avait été fait en dehors de lui?

Le découragement le saisit, comme le matin, tandis qu'il arpentait le salon pour calmer ses nerfs, puis il regarda Lelia, debout non loin de la tenture, et son regard devint dur, volontaire.

— Pardonnez-moi, murmura-t-il. C'est déjà fini. J'avais besoin de réfléchir un instant.

— Nous allons partir. Moi, en tout cas! N'oubliez pas que ma mère et mes amies m'attendent chez Tokatlian.

— Vous devez attendre que l'orage soit passé. Venez vous asseoir ici.

— Vous croyez?

Il l'impressionnait, maintenant, justement à cause de sa nervosité et de son angoisse qui faisaient ses gestes plus catégoriques. Il était décidé à aller jusqu'au bout. Lelia deviendrait sa maîtresse d'abord, puis peut-être sa femme. Mais il fallait qu'elle fût à lui le jour même, tout de suite, sinon il avait l'impression qu'il ne réussirait jamais.

Il ricanait à l'adresse de Nouchi absente.

— J'ai de gros soucis, Lelia, mais si vous acceptez de rester encore quelques minutes près de moi, ils seront effacés.

— Vous ne devez pas aller à l'ambassade?

— Rien de pressé. Il s'écoulera sans doute du temps avant que nous soyons de nouveau aussi près l'un de l'autre. Vous ne m'avez pas répondu tout à l'heure. Croyez-vous que vous parviendrez à m'aimer?

— Je ne sais pas.

Elle était mal à l'aise, assise à côté de lui au bord du divan vert.

Dix fois elle épia la porte et dix fois elle eut l'intention de partir. Comme lui, peut-être, elle prévoyait ce qui allait se passer. Déjà un bras de Jonsac entourait ses épaules et leurs jambes se touchaient.

Elle n'était pas consentante. Elle avait peur, et pourtant elle ne s'en allait pas. Elle jetait des regards anxieux autour d'elle tandis que l'étreinte de l'homme se resserrait, qu'une main glissait le long de son bras nu, pénétrait insensiblement dans l'échancrure du corsage.

— Je vous aime depuis le premier jour, Lelia. Vous le savez bien!

— Partons! souffla-t-elle, honteuse.

Qu'est-ce qui l'empêchait de se lever, de marcher vers la porte, de gagner la rue, l'air libre? Quand son regard tombait sur la fenêtre luisante de pluie, elle avait soif de ces gouttes fluides et fraîches qui tombaient du ciel et elle eût voulu tendre son front à l'ondée.

155

Elle était prisonnière dans les bras d'un homme et elle subissait ses baisers sans oser protester, sans rancune d'ailleurs, sans révolte, comme on suit son destin.

— Vous croyez que votre père acceptera?

— Je ne sais pas.

Elle paraissait être loin de là. Parfois pourtant sa chair avait un sursaut, mais c'était trop faible pour l'arracher à l'étreinte qui se nouait.

— Vous êtes belle, Lelia!

Désormais, Jonsac pouvait dire n'importe quoi. Il ne s'en rendait même plus compte, bien qu'il gardât son sang-froid. Il sentait qu'il ne fallait pas précipiter les choses, que la partie n'était pas tout à fait gagnée encore.

Physiquement, il était sans désir. Jamais il n'avait été passionné, ni sensuel. Il caressait la chair de Lelia, mais c'était dans un but précis et, ce qui faisait briller son regard, c'était l'approche de la victoire.

— Laissez-moi, protesta-t-elle doucement, en montrant des prunelles qui avaient perdu leur netteté.

Puis, plus bas, avec humilité:

— Pourquoi, Bernard?

« Oui, pourquoi? »

— Parce que je veux que vous soyez à moi! Tout à l'heure, quand vous ne serez plus là, il faut que je sente qu'un lien solide existe désormais entre nous. Vous comprenez, Lelia. Non! Ne me repoussez pas! C'est notre existence que nous jouons en ce moment...

Elle baissa les paupières sur ses yeux tristes. Des bouts de pensées, des images incohérentes traînaient encore dans le cerveau de Jonsac, l'ambassadeur et sa politesse coupante... Nouchi qui, tout à l'heure, en rentrant, lancerait son chapeau à la volée dans la pièce... sa table de chez Avrenos... le canot jaune de Lelia... la barbiche de son père...

Il avait rivé ses lèvres aux lèvres de la jeune fille et, bien qu'il ne vît rien, il entendait avec une netteté troublante le crépitement de la pluie sur le balcon et il devinait le glissement des gouttes troubles le long des vitres.

Une fois encore, il eut la sensation que quelqu'un avait bougé dans l'antichambre. Il pensa que la négresse était peut-être rentrée. Elle était curieuse et plusieurs fois, le soir, quand Nouchi et Jonsac se mettaient au lit, ils l'avaient surprise embusquée derrière le rideau.

Les lèvres soudées aux siennes, Lelia eut un gémissement étouffé, parce qu'il la ployait soudain en arrière. Un instant aussi son corps tenta de se débattre. Deux fois ses yeux s'ouvrirent, des yeux effrayés, suppliants et résignés tout ensemble, puis les traits se crispèrent violemment tandis que Jonsac s'immobilisait dans son triomphe et qu'une goutte de sueur tombait de son front.

Lelia pleurait, sans sanglots. Son visage était pâle, son front plissé, ses paupières serrées dans une

157

expression douloureuse tandis qu'une larme, parfois, glissait vers l'aile du nez.

Elle ne songeait pas à voiler les parties nues de son corps, ni à cacher son visage. Ses mains reposaient, l'une sur sa poitrine dont un sein était nu, l'autre sur le velours du divan, doigts écartés.

— Lelia!

Jonsac, lui aussi, avait le front plissé tandis que, debout, il jetait un coup d'œil furtif à la glace et ajustait le nœud de sa cravate.

— Pourquoi pleurez-vous, puisque je vous aime?...

Il ne savait déjà plus le dire avec l'accent qu'il fallait. Il avait hâte de voir la jeune fille quitter le divan, hâte surtout d'être seul, de penser à cette fâcheuse histoire de l'ambassade qui lui pesait.

— Voulez-vous que j'ouvre la fenêtre?

C'était un moyen de faire pénétrer un peu de la vie du dehors dans le salon, d'être moins seuls. Il faillit allumer une cigarette, remit l'étui dans sa poche.

— Ma petite Lelia, il ne faut pas m'en vouloir. Maintenant, du moins, nous sommes l'un à l'autre et...

Il se tut, figé, incapable d'articuler une syllabe de plus. Tourné vers le fond du salon, il venait d'apercevoir Nouchi debout devant le rideau vert, dans la pièce même. Ses yeux riaient, d'un rire nerveux, son nez était plus pointu que jamais tandis qu'elle

158

regardait Jonsac avec une intensité telle qu'il baissa la tête.

Elle ne bougeait pas. Il y avait peut-être long-temps qu'elle était à la même place. Des courants d'air pénétraient dans la pièce et gonflaient les rideaux.

Ce fut le silence, sans doute, qui arracha Lelia à son accablement. Une main bougea d'abord, éton-née de se trouver sur un sein nu; puis la jeune fille ouvrit les yeux et resta un moment à contempler le plafond.

Elle dut deviner quelque chose d'anormal, car elle se dressa tout à coup, regarda Jonsac, découvrit Nouchi, poussa un cri affreux. Jamais Jonsac n'avait entendu un être humain crier de la sorte.

— Ne vous dérangez pas pour moi, prononça Nouchi en s'avançant vers la table où elle posa son sac à côté de celui de Lelia.

Elle était en tenue de ville, le chapeau sur la tête, et elle le retira comme le fait une femme qui rentre chez elle, en jetant un coup d'œil au miroir.

— Il y a un peu plus d'un quart d'heure que je suis ici, mais je n'ai pas voulu troubler votre plaisir.

Jonsac se souvint sans le vouloir de ce qu'elle lui avait raconté, des soirs d'hiver à Vienne, alors qu'elle revenait de l'école avec sa sœur qui suivait les hommes derrière les palissades.

Nouchi les regardait alors et aujourd'hui elle avait regardé de même.

— Vous prendrez bien une tasse de thé, maintenant?

Jonsac n'osait pas lever les yeux sur Lelia mais
elle paraissait quand même, un peu floue, dans le
champ de son regard, à droite, devant l'écran
glauque de la fenêtre. Elle ne bougeait pas. Il était
impossible de savoir ce qu'elle pensait, de deviner
ce qu'elle allait faire. Sa robe claire était froissée et
le chignon qu'elle portait bas sur la nuque avait
roulé dans le dos.

— Tu as envoyé la bonne chercher des gâteaux?

On entendit un bruit étrange. Ce n'était pas un
sanglot. Ce n'était pas un râle. Cela sortait pourtant
du fond de la gorge, du fond de la poitrine eût-on dit
et, au même instant, Lelia s'arrachait à son immobi-
lité, courait vers le balcon, s'accrochait un instant à
la balustrade.

— Lelia! cria Jonsac en se précipitant.

Ce fut peut-être son geste qui provoqua ou qui
hâta celui de la jeune fille. Prise de panique comme
un gibier traqué, elle enjamba le garde-fou, si vite
qu'on la vit à peine passer par-dessus.

Jonsac fut incapable d'aller plus loin. Il s'arrêta,
la tête entre les mains, puis mordit son poing, puis
donna des coups de talon furieux sur le plancher.

On n'entendit pas le bruit du corps qui tombait
sur le trottoir, mais on perçut bientôt le sifflet de
l'agent en faction au coin de la rue, des pas précipi-
tés.

— Regarde vite! Mais regarde! hurla Jonsac à l'adresse de Nouchi.

Lui n'osait pas se pencher. Il ne voulait pas voir. Il croyait qu'il allait devenir fou d'épouvante.

Nouchi, lentement, avait gagné le balcon.

— Il faut descendre, dit-elle d'une voix neutre. Ils sont tous autour d'elle et il y en a qui regardent en l'air.

Avec des gestes très lents, très las, elle reprit son chapeau sur la table et le posa sur sa tête, se dirigea vers la porte.

— J'y vais!

Elle savait qu'il ne descendrait pas. Il la laissa sortir, courut après elle, lui cria au moment où elle atteignait l'étage en dessous :

— Sa mère l'attend chez Tokatlian!

Il s'enferma à clef, comme s'il eût craint quelque chose ou quelqu'un. La sonnerie du téléphone retentit à nouveau.

— Monsieur de Jonsac? Ici, l'ambassade de France...

C'était la voix de la secrétaire qu'il avait déjà entendue tout à l'heure.

— M. l'Ambassadeur vous fait dire qu'il doit partir à cinq heures et vous prie de prendre immédiatement un taxi.

Il aurait voulu pleurer, mais il n'y parvenait pas. Il n'arrivait qu'à faire des grimaces en se promenant en tous sens et en faisant le plus de bruit possible pour ne pas entendre les bruits de la rue.

Il n'avait jamais pu voir un blessé, pas même un chien écrasé par une auto. Il en était malade, et cette fois il dut se précipiter dans le cabinet de toilette pour vomir.

Il y avait dix minutes, peut-être un quart d'heure que la chose avait eu lieu. Depuis lors, il avait reconnu la sirène d'une voiture d'ambulance. Celle-ci était-elle repartie? Il s'approcha du balcon, hésitant à chaque pas, et enfin il avança la tête.

On voyait encore des curieux sur le trottoir, mais Lelia n'était plus là, Nouchi non plus.

Jonsac prit son chapeau gris perle et faillit descendre par l'ascenseur, comme d'habitude. Il réfléchit et gagna la porte de service afin d'éviter les gens.

« La police va venir sonner à la porte de l'appartement! » se disait-il en cherchant un taxi.

On croirait qu'il avait fui, peut-être qu'il était coupable, alors qu'il se rendait simplement à l'ambassade. Pouvait-il n'y pas aller?

« D'ailleurs, elle a déjà essayé une fois de se suicider! Ce sera établi à l'enquête! »

Cette pensée le calmait un peu. Il ne trouva qu'une voiture découverte qui passa bientôt en face de la pâtisserie. La pluie tombait moins drue, traversée de rayons de soleil obliques. Derrière les vitres de la devanture, il aperçut des gens qui buvaient du thé ou dégustaient des glaces.

Plus loin, il croisa Mufti bey qui longeait le trottoir et qui lui fit bonjour de la main. Il ne savait pas encore !

La voiture faillit accrocher un tramway qu'elle voulait doubler à gauche et Jonsac se pencha.

— Vous êtes fou ? cria-t-il au chauffeur. Allez plus lentement, sinon je prends un autre taxi !

Qu'est-ce que Nouchi avait pu dire, une fois en bas ? On l'avait questionnée. Quand elle était arrivée sur le trottoir, le corps devait encore...

« Monsieur l'Ambassadeur... »

Il essayait de préparer l'entrevue.

« — On a peut-être abusé de mon nom, mais je puis vous donner ma parole que je ne suis au courant de rien et... »

Non ! Ce n'était pas possible. Certes, il ne savait pas grand-chose de cette affaire d'hippodrome, mais c'était sa femme qui avait tout mené, sa femme légitime ! Est-ce que l'ambassade le savait aussi ?

Il valait peut-être mieux parler de Lelia.

« — Excusez-moi, monsieur l'Ambassadeur... Il vient de m'arriver une chose épouvantable... »

L'ambassade simplifierait peut-être les formalités ? Pourquoi Lelia s'était-elle jetée dans le vide ? Au fond, en venant chez lui, elle se doutait de ce qui allait se passer. N'était-ce pas elle, en réalité, qui l'avait poursuivi ?

Il ne lui avait pas menti en promettant de l'épouser. Cela aurait pu arriver.

« C'est un caractère fantasque », se dit-il.

Il y avait pourtant une image qui le gênait plus

que les autres, plus encore que le drame lui-même : c'était le visage de Lelia, les yeux clos, les paupières plissées, le front tendu, *avant*...

Il était incapable d'analyser ce qu'il ressentait en y pensant, voire de dire ce qu'exprimait ce visage... Cela lui rappelait certaines figures de vierges gothiques devant lesquelles on peut rêver des heures durant sans pourtant leur arracher tout leur secret.

Ce ne sont pas des images douloureuses, ni révoltées. N'y sent-on pas comme la résignation du monde à son destin ?

« Elle n'avait qu'à dire non ! Je ne l'aurais pas prise de force ! »

Vers Thérapia, il n'y avait déjà plus trace de pluie, sinon quelques ruisseaux jaunâtres au bord de la route.

Lelia aurait-elle pu échapper à son sort ? Ce n'est pas par désir sexuel qu'elle avait accepté l'homme.

« Elle voulait se marier !... »

Il rougit en se surprenant à salir la morte.

Était-elle vraiment morte ? On peut tomber de très haut sans se tuer !

« De l'ambassade, je téléphonerai à la police... »

Le mieux était encore de retrouver Nouchi, qui savait ! Il fallait rejoindre Nouchi coûte que coûte avant de dire quoi que ce fût, sinon il risquait de la contredire. Elle n'avait pas perdu son sang-froid, elle !

Il aperçut devant le portail la voiture de l'ambassadeur qui n'était donc pas encore parti.

— Vous êtes prié d'attendre! vint lui dire l'appariteur à chaîne d'argent.

L'odeur de cigare et d'eau de Cologne russe imprégnait jusqu'à l'antichambre aux fauteuils de velours rouge. On devinait des voix derrière la porte matelassée. Les aiguilles d'une pendule de marbre blanc avançaient d'une secousse à chaque minute.

Et Jonsac était pris d'une angoisse intolérable. Il ne pouvait pas rester là. Il ne pouvait pas s'en aller. Il n'avait pas gardé son taxi, sinon il se serait peut-être précipité dehors.

Derrière la porte, on discourait posément, comme si rien ne se fût passé.

— Ce n'est pas possible! gémissait-il à mi-voix.

Il avait mal partout. Ses genoux tremblaient.

— Si, dans trois minutes...

Mais les trois minutes passées, il s'accordait encore trois minutes de répit, parce qu'il ne savait où aller. Par la porte entrebâillée, il apercevait le hall où l'appariteur lisait un journal français, assis devant un petit bureau, prêt à glisser le journal sous un buvard à la moindre alerte.

« On a déjà dû prévenir son père!... »

Cela tournait à la panique. Il était à bout. Tant pis pour l'ambassade! Il se pencha pour prendre son chapeau posé sur un fauteuil.

— Au revoir, cher ami... Mes hommages à votre femme...

L'ambassadeur tenait la porte entrebâillée et prononçait d'une autre voix :

— Ah! vous voilà, vous! Entrez...

La porte matelassée se referma sur eux avec un léger grincement du ressort.

X

Quand l'ambassadeur reconduisit Jonsac jusqu'à la porte, il paraissait aussi embarrassé que son visiteur à qui, lentement, ostensiblement, il tendit la main, comme pour donner à ce geste un autre sens que celui d'une banale politesse :

— Venez demain, comme d'habitude, dit-il.

L'entrevue avait duré plus d'une demi-heure. La secrétaire avait été priée de sortir et l'appariteur, à maintes reprises, s'était approché de la porte pour prêter l'oreille aux éclats de voix.

— Vraiment? Vous prétendez n'être pour rien dans cette société qui se réclame de...

Jonsac ne réagissait pas, se rendait à peine compte de la gravité de ce qui se passait et, tandis que l'ambassadeur parlait, il se demandait comment il allait retrouver Nouchi. Car il fallait la retrouver avant de faire n'importe quoi, avant même de mettre les pieds chez lui, où la police l'attendait peut-être !

« Si Lelia est morte, on a transporté son corps

chez ses parents, songeait-il. Si elle n'est pas morte, on l'a conduite à l'hôpital et Nouchi aura suivi... »

Les traits tirés par ces réflexions, il suivait mal le discours de l'ambassadeur, qui éleva le ton. Des mots passèrent, comme abus de confiance, indélicatesse, et Jonsac ne réagissait toujours pas, se contentant de hocher la tête d'un air accablé.

C'est alors que l'ambassadeur perdit son sang-froid et, après une courte hésitation, glissa sur une autre voie.

— Il paraît que vous habitez un nouvel appartement, monsieur de Jonsac !

Celui-ci fit oui de la tête et soudain il eut la prescience de ce qui allait arriver.

— Je me suis laissé dire que c'est un appartement luxueux et que vous ne l'occupez pas seul...

Au collège Stanislas, où il avait été élevé, il avait eu une entrevue du même genre avec le préfet de discipline. Il avait quinze ans et, un soir d'hiver, il avait suivi dans un hôtel meublé une femme qui faisait les cent pas sur le trottoir. C'était au boulevard Sébastopol. Quelqu'un l'avait vu.

— Vous déshonorez le collège et vous vous déshonorez vous-même, monsieur de Jonsac, avait déclamé le préfet.

L'ambassadeur murmurait avec moins d'emphase :

— Vous savez qu'à Stamboul on s'occupe beaucoup de la vie de chacun. J'aimerais autant qu'on ne chuchotât pas, au sujet d'une personne attachée à

168

l'ambassade, les plaisanteries qui courent sur votre compte...

Il s'attendait à une réaction violente, à des protestations et, au lieu de cela, il se heurtait à un sourire amer qui le mit en colère.

— On dirait que vous ne me comprenez pas ! La femme avec qui vous vivez est une danseuse de cabaret, n'est-ce pas ? Or, on la rencontre jour et nuit en compagnie de personnages qui mènent joyeuse vie. Quant à vous, vous suivez son sillage et vous passez pour...

Une lueur glissa dans les yeux de Jonsac. Il avait déjà pensé à cela. Il avait prévu confusément que cela arriverait un jour.

— Je passe pour vivre à ses crochets, articula-t-il avec un calme qui le surprit lui-même.

Ce fut l'ambassadeur qui détourna la tête tandis que Jonsac ajoutait :

— Je suppose que vous me demandez ma démission ?

— Mais non ! Mais non ! J'ai tenu à avoir une explication avec vous et je n'ai même pas voulu la remettre à demain.

C'était vrai. Il devait avoir eu toute la journée un poids sur la poitrine et il n'avait eu de cesse qu'il n'en fût débarrassé.

— Je ne demande qu'à vous écouter, vous le savez bien.

— Monsieur l'Ambassadeur, je suis incapable de

vous dire quoi que ce soit aujourd'hui. Je suis prêt à vous donner ma démission...

Ces mots revenaient comme un leitmotiv. Si Lelia n'était pas morte sur le coup, elle agonisait peut-être à l'instant même, sur un lit d'hôpital.

C'était étonnant que la police ne téléphonât pas à l'ambassade pour savoir s'il y était. La sonnerie allait retentir d'une seconde à l'autre.

— Je ne comprends pas votre attitude, mais j'accepte d'attendre vos explications...

À peine l'ambassadeur s'était-il levé que Jonsac s'enfuyait littéralement, heurtant le chambranle de la porte, serrant à peine la main qu'on lui tendait comme un encouragement. Il traversa le hall, descendit les marches du perron et il allait se précipiter vers l'hôtel de Thérapia où il trouverait un taxi quand la portière d'une voiture en stationnement au bord du trottoir s'ouvrit.

Nouchi, silencieusement, lui faisait signe de prendre place près d'elle. Elle était pâle et il y avait dans son attitude une gravité qu'il ne lui connaissait pas. Ses gestes étaient lents, presque hiératiques. Dans la pénombre du taxi, Jonsac se sentit la gorge serrée et une seconde il eut la pensée baroque qu'on venait de l'arrêter, qu'on le conduisait en prison...

— Elle est morte? parvint-il à prononcer, les lèvres sèches.

Nouchi fit non de la tête en même temps que ses yeux se durcissaient, qu'elle soupirait comme pour échapper à une vision pénible.

— On l'a conduite à l'hôpital anglais, qui était le plus près, articula-t-elle enfin.

Le chauffeur roulait lentement le long du Bosphore, attendant qu'on lui donnât une adresse et Nouchi s'en avisa soudain, se pencha, baissa la vitre, donna celle de Mufti bey.

Elle devina l'interrogation contenue dans le regard de Jonsac.

— Je suis allée à la pâtisserie Tokatlian... Ils étaient tous là... Le père aussi... J'avais un inspecteur de police avec moi...

Jonsac aurait voulu ne pas imaginer la scène dans la pâtisserie où, à cette heure, un quatuor célèbre faisait de la musique de chambre.

— Les femmes se sont élancées dans la rue, courant vers l'hôpital... Je me tenais à l'écart... Le père posait des questions au policier...

— Qu'est-ce qu'il a dit?

— Je ne sais pas... On ne m'a pas laissée entrer à l'hôpital... J'ai dû aller au commissariat, où j'ai expliqué ce qui s'était passé...

Elle était lasse. Elle parlait d'une voix sans accent, mais elle n'avait pas les nerfs brisés. Elle pensait encore. Elle savait où elle en était et elle se pencha même vers le chauffeur qui prenait un mauvais chemin.

— Ils voulaient te faire chercher à l'ambassade... J'ai obtenu qu'on ne t'entende que demain...

Ils pénétraient dans la ville agitée et Nouchi posa sa main sur le bras de Jonsac.

— Il faut que tu fasses attention... C'est l'inspecteur qui m'a avertie... Le père, au chevet de Lelia, a parlé de te tuer...

Voilà pourquoi elle le conduisait, non chez lui, mais chez Mufti bey !

— J'ai rencontré Tefik, poursuivait Nouchi. Comme journaliste, il obtiendra tous les renseignements... Il sait où nous trouver...

À cette heure, non seulement Tefik était au courant, mais tout le monde. Chez Avrenos, où l'on commençait à dîner, on devait s'interpeller d'une table à l'autre et se montrer la place de Jonsac. Peut-être même Avrenos se souvenait-il d'avoir vu la jeune fille, la veille, prendre le café en sa compagnie, et la décrivait-il à ses clients ?

Selim bey, les Ahbad, Amar pacha, Stolberg, chacun apprenait la nouvelle au hasard de ses rencontres dans les rues de Péra ou dans les bars.

— Mufti n'est pas chez lui, mais je sais où il met sa clef.

Cela rappela à Jonsac les paroles de l'ambassadeur au sujet des relations de Nouchi. Il la regarda payer le taxi, pénétrer dans l'immeuble, décrocher, derrière la cage de l'ascenseur, la clef que Mufti cachait à cet endroit. Jonsac, qui était son ami depuis longtemps, n'en savait rien !

Le couple descendit les quelques marches et, comme il faisait obscur, Nouchi tourna le commutateur électrique qu'elle trouva aussitôt, vers lequel, plutôt, sa main se tendit machinalement.

172

— Il faut que je téléphone à Amar pacha, dit-elle.

Il y avait des restes de repas sur la table, du linge sale sur le divan et Nouchi le lança dans un placard. Jonsac aperçut une bouteille de raki et s'en versa un plein verre, qu'il but d'un trait.

— C'est vous? demandait Nouchi avec une intonation spéciale après avoir obtenu le numéro d'Amar pacha. Oui!... Je suis chez Mufti... Il est nécessaire que vous veniez le plus tôt possible... Vous dites?... Je vous en prie, faites en sorte que vos invités s'en aillent!... C'est très important!... Vous comprendrez tout à l'heure, en lisant le journal du soir...

Car Tefik lui avait dit que la nouvelle paraîtrait dans les feuilles de sept heures, qu'on criait déjà dans la Grand-Rue de Péra.

Nouchi raccrocha et s'assit sur le divan en soupirant de fatigue.

— Je n'aurais jamais pensé qu'elle était capable de cela! dit-elle alors.

C'était la première fois qu'elle faisait allusion au drame lui-même et à ses causes.

— Je m'étonne que Tefik ne soit pas encore ici. Il sait que nous attendons des nouvelles.

Elle remarqua que son compagnon regardait la bouteille de raki et elle ordonna :

— Ne bois pas trop... Tu devrais plutôt manger quelque chose...

Elle était déjà debout, infatigable, et elle trouvait

dans une armoire un morceau de poisson fumé et du pain.

— Je me demande ce qu'ils font tous... Amar pacha, lui, donne un dîner chez lui. Il renverra ses invités dès qu'il le pourra. Je crois que Katach bey est avec lui. Tu as parlé à l'ambassadeur?

Il secoua la tête négativement.

— Cela vaut peut-être mieux.

Ils avaient les nerfs tendus, l'un comme l'autre, et ils tressaillaient au moindre bruit. Il y avait entre autres, à chaque instant, un son étrange, comme une aspiration puissante. C'était l'ascenseur qui, après chaque voyage, atterrissait au sous-sol, juste derrière le placard.

Au-delà de la fenêtre en forme de soupirail, à ras de terre, on voyait passer des jambes et Nouchi et Jonsac les regardaient avec espoir.

— Il est devenu blême... Il n'a pas pleuré... Il n'a pas fait un geste...

Elle n'avait pas eu besoin de citer un nom. Jonsac savait qu'il était question du père de Lelia et il le revoyait dans son salon, gêné, hésitant, servant du porto pour se donner une contenance et observant le visiteur à la dérobée.

Peut-être, en voyant Jonsac entrer chez lui, ce jour-là, avait-il eu un pressentiment? Il n'avait pas osé demander à sa fille si Jonsac était son amant et voilà que, des semaines plus tard, il apprenait...

— Ce sont les hommes les plus dangereux, disait

174

Nouchi. Plus ils sont calmes et timides à l'ordinaire, plus ils deviennent farouches quand...

Jonsac se leva, serra ses doigts à les briser.

— Mange quelque chose!

Il ne pouvait pas. Il ne pouvait pas non plus rester assis. Il ne pouvait pas attendre.

Heureusement, la porte s'ouvrit et l'Albanais entra, affairé et mystérieux comme toute la bande devait l'être à cette heure. Il referma l'huis avec soin, comme s'il eût craint une intrusion étrangère.

— Je viens de voir Tefik bey, annonça-t-il à voix basse.

C'était à croire que la lumière elle-même était en deuil, car la garçonnière était aussi sombre qu'une maison mortuaire.

— Il est retenu à son journal, parce que le directeur est malade. Il ne viendra qu'à minuit...

Le couple le regardait en attendant d'autres nouvelles.

— Elle n'est pas morte!

— On la sauvera? questionna Nouchi.

— On croit...

L'Albanais n'en avait pas moins le front plissé.

— Elle a les os du bassin brisés... Il paraît que son père a déjà télégraphié à Vienne pour appeler un grand chirurgien... qui arrivera demain matin par avion...

Jonsac s'essuya le front de son mouchoir et, malgré le regard de Nouchi, se versa une rasade de raki. L'Albanais en fit autant.

175

— Mufti va sûrement rentrer...

Alors il vaqua à ses occupations habituelles, alluma le réchaud à gaz dans la cuisine, ouvrit le robinet, débarrassa la table pour y étendre une nappe.

— Elle a pu parler? demanda soudain Nouchi en élevant la voix, parce que l'Albanais était dans la cuisine.

— Je ne sais pas. Tefik ne me l'a pas dit...

Elle s'approcha du téléphone, appela le journal où leur ami travaillait, murmura à mi-voix :

— Passez-moi Tefik bey, voulez-vous?... Peu importe!... Dites-lui que c'est de la part de Nouchi...

Elle dut attendre car, à un autre appareil, Tefik était en conversation avec son correspondant de Genève.

— C'est vous? Non!... Je veux seulement savoir si elle a pu être interrogée... Écoutez, mon petit... Demandez le renseignement de toute urgence et téléphonez-moi... Oui, nous passerons la nuit ici...

Au début, Jonsac n'avait pas apprécié l'importance de la question. Nouchi la lui fit sentir d'une phrase.

— Le commissaire qui m'a entendue a murmuré, pour lui plutôt que pour moi :

« — Le malheur, c'est qu'il n'y ait pas de témoin... »

Autrement dit, ce que Nouchi avait raconté, ce que Jonsac confirmerait le lendemain, n'était peut-être pas vrai! Rien ne prouvait que le couple n'eût pas attiré la jeune fille dans un guet-apens, ou que Jonsac n'eût pas tenté d'abuser d'elle par la force.

Cette pensée l'accabla plus que le reste. L'année précédente, une importante affaire de mœurs avait éclaté à Athènes, alors qu'il s'y trouvait. Un riche propriétaire attirait des fillettes dans sa propriété et jamais on ne les avait revues. On racontait à ce sujet d'hallucinantes histoires de vampirisme et Jonsac se souvenait du malaise qu'il avait ressenti en voyant dans les journaux la photographie de l'accusé.

C'était pourtant un homme comme les autres, aux traits plus réguliers que les siens, et le hasard voulait qu'il portât monocle aussi. Le premier jour de son incarcération, il s'était étranglé avec ses bretelles et maintenant Jonsac, la gorge serrée, se versait fiévreusement à boire.

— Mufti! annonça l'Albanais rien qu'en entendant des pas sur le trottoir.

C'était lui. Il entra, grave et silencieux comme il fût entré dans une chapelle ardente.

— Selim bey n'est pas ici?

— Pas encore.

— Il m'a téléphoné qu'il viendrait. Bonsoir, Nouchi.

Il l'embrassa au front comme il avait pris l'habitude de le faire, s'assit, regarda Jonsac et soupira:

— Où en est-on?

— Nous attendons des nouvelles de Tefik.

Elles ne vinrent que près d'une heure plus tard. Lelia avait repris connaissance. On avait dû lui faire

177

des piqûres de novocaïne parce que la douleur était intolérable. On confirmait l'arrivée par avion du chirurgien viennois.

Selim bey était là. Chacun, de temps en temps, se versait un verre de raki et, quand la bouteille fut vide, l'Albanais demanda de l'argent et courut en acheter une autre dans le quartier.

On parlait peu. Selim bey grignotait du poisson fumé.

— Tu n'aurais pas dû te montrer, dit-il soudain à Nouchi.

Lui aussi la tutoyait. Les prunelles de Nouchi se rapprochèrent, son nez s'affina et elle articula d'une voix aigre :

— Elle aurait pu faire ça ailleurs que chez moi !

Jonsac ne broncha pas, mais dans le brouillard de cauchemar où il vivait il eut la sensation, pour la première fois, que Nouchi était jalouse.

— Si Amar pacha n'arrange pas l'affaire, on ouvrira une enquête.

De nouveau, Jonsac pensa au vampire d'Athènes. À l'instruction, les choses les plus innocentes s'étaient retournées contre lui. Par exemple, il fumait le haschisch, lui aussi, et l'accusation l'avait présenté comme un toxicomane.

Il devait être onze heures et une troisième bouteille de raki avait été débouchée quand une voiture s'arrêta devant la porte. Amar pacha fit son entrée, assez troublé, serra les deux mains de Nouchi, feignit de ne pas voir Jonsac.

— J'ai essayé de téléphoner à l'Intérieur, dit-il. Je n'ai trouvé personne. Il y a une soirée chez le Ghazi.

— Tefik a promis de venir à minuit. Il aura des nouvelles.

Ils étaient couchés sur d'étroits divans, ou même par terre, sur des coussins, et ils attendaient, parlant peu, tendant parfois la main vers le raki. Celui des deux Ahbad qui avait une tête de Kalmouk rejoignit le groupe, et sans rien dire, farouche, alla s'installer dans un coin où, un quart d'heure plus tard, il avait les yeux gonflés par l'ivresse.

— Je ne pourrai pas rester longtemps, annonça Amar.

Jonsac se souvenait vaguement de l'histoire de l'hippodrome, mais il n'avait pas le courage d'en parler. Il n'avait le courage de rien, pas même de penser. La boisson, ce soir, ne lui donnait aucune ivresse mais le plongeait dans une torpeur accablée. Il entendait des bribes de phrases.

— Ce qu'il faut savoir, c'est si la famille porte plainte...

— Lelia est majeure, plus que majeure...

— Elle l'a prouvé en se mettant nue chez Stolberg !

— Tiens ! Stolberg n'est pas ici...

— Il viendra quand il saura qu'il n'y a plus de danger...

L'Albanais avait préparé une pipe et quelqu'un la

179

fumait, car la fade odeur du haschisch envahissait peu à peu la pièce.

À certain moment, Jonsac faillit s'assoupir. Les mots et les images se brouillaient, ses pensées n'étaient plus qu'un fouillis d'impressions disparates et de souvenirs décousus.

— C'est grave, une fracture du bassin?

Tout le monde leva la tête quand on entendit le pas de Tefik bey. Il avait travaillé toute la soirée. Son visage était plus net que les autres et il apportait dans le sous-sol un peu de l'air du dehors.

— Tout va bien! annonça-t-il avant même qu'on l'eût questionné. Tiens! Stolberg n'est pas ici?

— Qu'est-ce qui va bien?

— Je viens de recevoir, au journal, la visite d'un ami de la famille. Il a fait le tour de toutes les rédactions pour demander qu'on ne parle plus de l'affaire. Cela veut dire que les parents ne portent pas plainte et que la police accepte de se taire.

— Dans ce cas, je m'en vais, annonça Amar pacha en se levant. J'ai encore le temps de m'habiller et d'aller à la soirée du Ghazi.

Sa sortie se fit avec une certaine précipitation. Selim bey le suivit d'un regard ironique.

— Et de deux! dit-il.

— Deux quoi?

— Deux bons amis qui nous lâchent! Remarquez que Stolberg n'est pas encore arrivé!

Mais il devait téléphoner un peu plus tard pour prendre des nouvelles. Quand on lui dit que tout était pour le mieux, il raccrocha et moins de dix minutes plus tard il frappait à la porte.

— Comment êtes-vous venu si vite?

— J'étais à la *Régence*.

Le restaurant le plus proche, où il avait attendu les résultats!

— J'ai toujours pensé que cela s'arrangerait Vous savez qu'on en parle partout?

Jonsac entendait de moins en moins. Parfois, il devinait que quelqu'un s'en allait, mais il ne faisait même pas l'effort nécessaire pour savoir qui c'était

Ils dormirent à quatre chez Mufti bey : Mufti lui même, l'Albanais qui s'installa par terre, Nouchi et Jonsac.

Quand ce dernier s'éveilla, il était dix heures. L'Albanais était parti aux provisions et les deux autres dormaient toujours.

— Il vaut mieux que, tout au moins, vous preniez un congé de deux mois, avait dit l'ambassadeur.

C'était la saison creuse et il est difficile de trouver un bon drogman, un Français assez homme du monde, assez modeste aussi dans ses prétentions et connaissant à fond la langue et la vie turques.

L'ambassadeur, au surplus, une fois, une seule, avait vu Jonsac sans monocle, un Jonsac qui détournait la tête alors qu'on lui parlait de Nouchi et qui avait les paupières gonflées de larmes.

— Je compte sur vous pour éviter, désormais, des incidents désagréables ou pénibles.

Mufti bey avait passé quelques semaines en Grèce où il était en procès depuis dix ans sans espoir de récupérer les terres que sa famille y possédait avant la guerre.

Amar pacha était resté plus longtemps absent, car il avait suivi à Washington le ministre des Affaires étrangères et on parlait de plus en plus de lui comme d'un homme d'État d'avenir.

Tefik bey, lui, n'avait pas quitté Stamboul.

Selim s'était contenté, en guise de vacances, d'un court séjour à Ankara, où il avait couru les bureaux des ministères sans parvenir à se faire donner un poste à l'étranger.

On n'avait plus vu Ousoun. Ce ne fut qu'à l'automne qu'on apprit son arrestation à Berlin pour escroquerie.

Un drôle d'été! Des journées accablantes et des nuits chaudes avec, tous les deux ou trois jours, l'intermède d'un orage violent. L'ambassadeur avait fait sa cure annuelle à Vichy et, pendant des semaines, l'ambassade avait été quasi déserte.

— Il faudrait que j'aille en France pour essayer de louer ma ferme, disait Jonsac chaque jour.

Il avait appris que son métayer, qui n'avait pu vendre son grain, était parti avec sa famille et ses bêtes, si bien que les terres étaient en friche.

— Je partirai dans quelques jours...

Mais il ne partait pas. Il n'avait rien à faire, ou presque. L'ambassade lui confiait de rares Français de passage à piloter dans Stamboul et le reste du temps il allait de chez Avrenos au bar du *Péra Palace*, errait des heures durant, monocle à l'œil, dans la Grand-Rue de Péra.

Il ne rencontrait guère que les frères Ahbad, qui n'allaient pas en vacances et qui se faisaient offrir à boire.

Stolberg était à peu près seul à s'occuper de Nouchi qu'il voyait chaque jour et dont il était de plus en plus amoureux.

— Si je le voulais, il m'épouserait, disait-elle.

Alors Jonsac, sans orgueil, lui lançait un coup d'œil anxieux.

— N'aie pas peur! Je n'en ai pas la moindre envie...

Le diplomate suédois dont ils occupaient l'appartement avait annoncé qu'il ne reviendrait pas en Turquie. Il avait fixé un prix pour les meubles et les bibelots.

— Nous vous payerons au fur et à mesure, avait répondu Jonsac sous la dictée de Nouchi.

Ils n'avaient encore rien payé. Ils n'avaient même pas l'intention de le faire.

Ils vivaient au jour le jour, sans penser, préoccupés de n'être pas seuls et ce fut un vide quand Stolberg lui-même dut faire un saut en Suède pour recueillir un petit héritage.

Il y avait des mois, maintenant, que Jonsac vivait avec Nouchi dans une intimité entière sans rien avoir obtenu d'elle et il ne songeait plus à désirer d'autres femmes.

Un soir qu'ils se couchaient plus tôt que d'habitude, parce qu'ils n'avaient plus d'amis dans la ville, elle dit rêveusement :

— Tu es très malheureux?

— Non.

— Tu n'as plus envie de moi?

Il ne répondit pas et elle poursuivit :

— Avoue que tu as si peur de me perdre que tu préfères ne rien dire !

Comme toujours, elle errait demi-nue dans l'appartement et elle alla regarder ses seins dans la glace, les tenant à deux mains, laissant ensuite glisser celles-ci le long de ses hanches qui restaient grêles.

— Si je te savais très malheureux...

— Eh bien ?

— Je ne sais pas... Peut-être...

Jadis, pour moins que cela, il se fût jeté sur elle, en dépit de son rire injurieux. Maintenant, il préférait attendre.

— Au fond, tu m'aimes autant qu'un homme peut aimer une femme... Peut-être plus !...

Elle avait un accent de triomphe en parlant ainsi, mais sa voix n'en était pas moins nuancée de tendresse.

— Tu n'es plus capable de vivre sans moi. Je te dirais de faire n'importe quoi que tu le ferais. Avoue-le !

Il bouda.

— Avoue-le et tu seras peut-être récompensé.

— J'avoue ! dit-il docilement.

Alors elle vint se coucher près de lui, laissant tomber son peignoir.

— Éteins, seulement.

Pourquoi pensa-t-il aux palissades des faubourgs de Vienne et à la petite fille qui regardait, roide de curiosité et d'effroi? Il faillit refuser. Puis il se précipita sur elle comme un fou.

Il lui sembla qu'elle souriait, d'un sourire lointain, condescendant, d'un sourire affectueux pourtant et, quand il s'abattit sur l'oreiller, elle murmura :

— Tu es content?

Il aurait voulu la serrer dans ses bras, balbutier des mots incohérents, mais il avait peur d'un éclat de rire, voire d'un sourire amusé.

— Les autres n'ont même pas ça, affirma-t-elle.

Plus tard, comme il s'endormait, il entendit sa voix qui disait :

— À propos, j'ai aperçu Lelia...

Il l'avait entrevue aussi, en allant à Thérapia par le bateau, le même bateau qu'ils avaient pris tous les deux pour se rendre aux Eaux Douces. Elle était dans le jardin de la villa, couchée dans une petite voiture, un livre sur les genoux.

— Si tu l'avais voulu, je t'aurais permis de l'épouser.

Il était déjà trop avant dans le sommeil pour bien comprendre.

— À condition que je reste près de vous deux, que ce soit moi qui compte!

Longtemps après seulement il soupçonna que c'était peut-être un aveu d'amour. Il n'en fut jamais sûr. De moins en moins il osait la questionner, tant il avait peur de l'effaroucher, peur de la perdre.

Il avait besoin d'elle comme il avait besoin de se

réveiller dans un rayon de soleil, de retrouver à midi les clients d'Avrenos et d'errer, le soir, dans la ville, de s'asseoir à la terrasse d'un petit café de Top-Hané avec Mufti ou un des Ahbad, d'entendre les vers que récitait Selim bey ou Tefik, de fumer la pipe de haschisch que lui préparait l'Albanais, de rêver tout haut tous ensemble, en regardant les vestiges de splendeurs passées.

Ils revinrent un à un : Mufti d'abord, ulcéré contre la Société des Nations qui ne lui faisait pas rendre ses terres ; puis Amar pacha, qui se mêla au groupe mais sortit deux ou trois fois par semaine avec Nouchi ; enfin Stolberg qui avait repris l'accent de son pays et qui resta plus raide deux semaines durant.

— Tout s'est assez bien arrangé, dit le chef du service des étrangers quand Jonsac alla le voir de nouveau pour l'ambassade.

Il offrait le café turc et les cigarettes rituelles.

— Quand on connaît notre ville, on ne peut plus s'en passer, n'est-ce pas ?

Il avait un sourire étrange, mi-tendre, mi-sardonique.

— Et si on vous offrait des millions ailleurs...

Jonsac pensa un instant à son manoir en ruine, là-bas, dans une vallée du Périgord, à la ferme inoccupée où sévissaient les maraudeurs. Cela ne représentait pas des millions, mais cela représentait quelque chose quand même et il n'avait pas le courage de prendre le bateau pour huit jours.

— Ici, on doit laisser couler la vie... Elle est plus forte que nous.

C'était le fonctionnaire qui avait parlé, en poussant les grains de son gros chapelet d'ambre. Peut-être, lui aussi, avait-il des pensées secrètes, des aspirations, des vices ?...

Jonsac le regarda, impassible dans son vieux complet gris, avec son faux col en celluloïd.

— Les étrangers ne se rendent pas toujours compte...

Dans la cour, on amenait un nouveau prisonnier, un Italien trouvé sans papiers.

— Prenez encore une cigarette...

Il sembla à Jonsac qu'elle avait le goût de haschisch et une bouffée l'envahit qui lui rappela tant de soirs qu'il avait passés.

— Mme de Jonsac elle-même est plus calme, maintenant.

Ce nom le choqua. Jonsac n'était pas habitué à l'entendre prononcer. Il redressa la tête et le Turc fut gêné, car il avait enfreint les règles de politesse de sa race.

— Excusez-moi... J'ai beaucoup de « curiosité » pour vous...

Et Jonsac rougit, assura son monocle dans son orbite.

— Je vous remercie.

— J'espère que vous resterez longtemps parmi nous.

Il aurait pu répondre :

— Toujours !

Où pouvait-il aller désormais ?

Il tournerait en rond, du Bosphore à la Marmara, de l'île des Princes à Prinkipo, de Stamboul à Galata et des vieux quartiers à Péra, des petits cafés indigènes qu'ombrage un figuier à la pâtisserie de la Grand-Rue, du bar du *Péra Palace* au *Maxim* et au *Chat Noir*.

Nouchi avait cru rompre le cercle et elle n'y était pas parvenue. Il lui fallait aussi le glissement nonchalant des caïques sur le Bosphore, et le clair de lune au cimetière d'Eyoub, le couchant pourpre sur la Corne d'Or...

Le commissaire prit un air plus grave.

— Les parents de la jeune fille ont voulu la conduire en France, dans un endroit que vous nommez Berck, je crois, où l'on soigne les maladies osseuses...

Jonsac ne dit rien.

— Elle a refusé. Le chirurgien viennois, qui vient tous les mois, prévoit qu'elle restera un an dans le plâtre...

Le sourire de tout à l'heure, subtil comme un rêve de fumeur, revint aux lèvres du fonctionnaire qui égrenait toujours son chapelet.

— Elle n'a pas voulu quitter la Turquie...

Il en était fier, d'une fierté agressive.

— On lui a commandé une voiture spéciale, qu'elle peut actionner elle-même, comme une bicyclette.

190

— Elle guérira?

— Elle ne marchera jamais plus comme une autre. Mais cela a-t-il tellement d'importance? Elle est riche...

Jonsac se mordit les lèvres et prit congé.

Dans la rue, il se demanda si des gens beaucoup plus vieux, beaucoup plus intelligents, ne s'étaient pas moqués de lui.

Vous pouvez les rencontrer à Stamboul. Seul M. Pastore est mort. Ses névralgies intercostales étaient en réalité une angine de poitrine et il est tombé un matin, à la renverse, au moment où il se rasait.

Lelia marche avec deux cannes et ne marchera plus autrement. Une de ses hanches semble deux fois plus saillante que l'autre et, en quelques mois, son visage est devenu si semblable à celui de sa mère qu'elle paraît être sa sœur cadette.

Elle a des manies. Elle lit tous les journaux français, tous les livres qui paraissent et, quand il est question de la Turquie, elle écrit de longues lettres pour protester contre les interprétations hâtives des voyageurs.

Elle vit peu dans la maison de Péra, préfère la villa du Bosphore d'où elle voit passer les bateaux, pressés comme des tramways, qui transportent la foule à Thérapia et aux Eaux Douces.

Des yachts passent aussi. Celui de Katach bey est

191

le plus fin. Ils sont toujours les mêmes à bord, autour de Nouchi, qui a pris ses habitudes.

Certains disent en riant :

— La vierge de Stamboul !

Et d'autres :

— La femme aux trois maris...

Ils pourraient dire aux quatre, aux cinq, aux six, puisqu'ils sont plus que cela à l'entourer chaque jour, à la tutoyer, à la baiser sur le front ou sur les joues.

En réalité, même ceux de la bande ne savent pas. Stolberg, certains soirs, est jaloux de Mufti bey ou d'Amar pacha. Celui-ci se demande s'il n'est pas dupe et Selim bey, qui se croit le plus malin, les console en affirmant :

— Elle n'est à personne !

Il est vrai qu'il corrige par :

— Jonsac sait ce qu'il fait ! Il a un bel appartement. La vie lui est facile...

Jonsac, pourtant, attend huit jours, dix jours, avant, le soir, de soupirer :

— Nouchi...

— Encore ?

Alors, honteusement, il se glisse vers son lit.

— Nouchi !... Je voudrais... Je ne sais pas...

Le corps de Nouchi s'offre, inerte.

Et le lendemain la vie continue.

DU MÊME AUTEUR

Impression Bussière
à Saint-Amand (Cher), le 10 novembre 2006.
Dépôt légal : novembre 2006.
Numéro d'imprimeur : 063796/1.
ISBN 2-07-036661-8./Imprimé en France.

145666